日刊イ・スラ

私たちのあいだの話

イ・スラ
原田里美／宮里綾羽
〈訳〉

朝日出版社

일간 이슬아 수필집
〈Lee Seula's Daily Writings〉
심신 단련
〈Mental and Physical Training〉
by 이슬아〈李瑟娥〉

日刊イ・スラ

私たちのあいだの話

目次

『心身鍛錬』より

日本語版の読者のみなさんへ

私は、今この本を開いてくれた隣の国の読者のみなさんの顔を思い描いています。まだ見ぬ顔であっても、好奇心と慎み深い心をたたえたその顔を、すでに好きになっています。自分とは違う考えを持つ他人に関心を持ち、知ろうとする人が、美しくないわけがないと思うのです。自分のことしかわからない「私」から抜け出し、経験したことのない人生に立ち会い、会ったことのない存在について泣いたり笑ったりする。それが、本を読む人の内側で起きていることです。私が書いたフィクションとノンフィクションのあいだの文章が、輝く光と、温かい影を描き出せていれば幸いです。

この日本語版『日刊イ・スラ』は、私が二〇一八年から二〇一九年にかけて書いた散文を収めた本です。私の最初の本、『日刊イ・スラ 随筆集』と、二冊目の『心身鍛錬』から文章を選んで一冊にまとめました。これらはすべて「日刊イ・スラ」という連載プロジェクトで書いたものです。「日刊イ・スラ」は文字通り、私イ・スラが一日一編、文章を書いてメールで送るプロジェクトです。作家は通常、新聞社や雑誌社、出版社から依頼されて紙面に文章を発表します。ですが、私が二十七歳のときは生活費もなく、学資ローンが山のように残っていたため、媒体からの依頼をただ待つわけにはいきませんでした。それで始めたのが、この連載プロジェクトです。野菜の直売のように、どんな媒体も通さずに読者と直接取引きしたいと思ったのです。

当時はこのやり方の前例がなく、うまくいくのかもわかりませんでしたが、とにかくお金を稼ぐために始めました。「誰からも依頼されずに文章を書きます。月・火・水・木・金曜日は連載して、週末は休みます。購読料は一カ月で一万ウォン（約千円）、二十編送ります。一編が五百ウォンなので、おでん一串よりは安いですが、それ以上に満足していただけるように努力します」。購読者を募るこの広告が拡散されて話題となり、購読を申し込んでくれる読者が増えました。驚くと同時にうれしくもありましたが、「これは大変なことになった」という気持ちのほうが大きかったです。なぜなら、それまで毎日文章を書いたことがなかったからです。

それでも、先にお金を受け取ったので約束は絶対に守らなければと思い、私は毎日書くようになりました。私たちはどうしたって約束を守りたがる生き物のようです。会ったことのない読者が私を信用し、購読料を払ってくれたことで、私は韓国初の「文学直売」を成功させました。その後も「日刊イ・スラ」は四年間、盛況に続きました。

この本は、若くて粗い百坪の畑のようなものです。このように勇敢に書くことはもうできないでしょう。だからこそ良いとも言えますが、成長しなければならないとも思います。

本書は私の初期の作品ですが、今はもっと多様なジャンルにわたって書いています。変化した私の最近の作品も、いつか日本のみなさんに読んでいただける日が来ることを願っています。その日を心待ちにしながら、楽しんで、ずっとずっと文章を書いていきます。

愛と勇気を込めて　イ・スラより

二〇二一年秋、ソウルにて

今日の寝室

2018.02.12 Mon.

二十七歳になったけれど、今でもひとりで寝るのが怖い。ひとり暮らしが長いのに、それは変わらない。安心できる相手に出会うと、老若男女、国籍を問わず、うちの寝室で寝ていくように勧めた。ベッドで寝てもらうか、ベッドの下に敷いた布団に寝てもらうかは、相手に惹かれているかどうかで決める。母は私のことをとても簡単だと言った。煩わしい世の中だから、私だけでも簡単なのは良いことだと思っている。一緒に寝た相手の中で私を手荒く扱った人は、幸いにもまだいない。

昨日うちで寝ていった人は、体が熱かった。その体に、私より細い部位はひとつも見当たらなかった。おととい寝ていった人は、過大評価でも何でもなく、歌が上手かった。彼と一緒に歌を口ずさむと、私は笑みがこぼれっぱなしで頰がヒリヒリした。その前の日に寝ていったのは、横になると五秒で眠くなる人だった。何も身に着けていない私が隣で横になっていても、こんなにもあっさり寝てしまう人がいる、という事実を受け入れて、深く呼吸しながら夜を過ごした。四日前に寝ていった人は、幼い頃からアトピー性皮膚炎だった。彼は夜中じゅう無意識のうちに、傷ができるくらい激しく体を掻き続けた。

この四人は同一人物だ。最近私は、体が熱くて、気持ちよさそうに歌を口ずさみ、五秒で眠くなり、自分の体を無意識に傷つけながら眠る人が好きだ。たぶん彼は、今日も明日も私の家で寝ていくはず。そんな日が増えれば増えるほど、私はあのことについて上手に説明できるような気がしてくるし、その逆にも思えてくる。上手にやりたいのにほぼ毎回失敗しているのは、愛についていてきちんと話をすることだ。

二日に一回くらい、彼の職場に寄る。喫茶店で働いているから好都合なのだ。事務所やレストラン、工事現場だったら、こんなに頻繁には遊びに行けなかっただろう。みんなが暇そうに座ってお茶やお酒を飲む場所に彼がいるから、会いたいなと思ったら一瞬だけ悩んで、でもすぐに軽い足取りで会いに行ける。私がすごく暇そうに見えるんじゃないかって気にしながら、彼の職場に向かって歩いていく。暇ではなく、有能なのに。けれどよく考えてみると、することがなさそうに見えるのはとても素敵なことだ。喫茶店に入ると、彼は客がいようといまいと私をすぐに抱きしめて、頬ずりをする。そして私は一瞬で暇になって、無能になる。彼が私を前や後ろから抱きしめているあいだは、自分が何をどの程度上手にできるかなんて、どうでもいい気がしてくる。同時に、私は私だという事実に安堵する。そんな貴重な瞬間は、他人を介するときにだけ可能になる。

彼は毎晩、私より先に寝る。しばらく彼の広くて熱い背中を手の甲でさすっていると、私も彼と一緒になって寝てしまう。眠っている最中に、彼が短い痙攣のように寝返りを打つ音や、顎や肩を激しく掻く音で、私の薄い睡眠の皮膜はいつもカサカサになってひび割れる。私は重く熱いまぶたを持ち上げて、その体に新しくできた掻き傷を見る。すると私の手は自動的に伸びて、彼の手を遮る。これ以上強く掻いたりしないように。眠りの中にいる彼は鈍くて、無力にも私に阻止される。強く掻いたところに、私のやわらかい手のひらを楯のように置いてあげて、また眠る。寝ているあいだに、想像の中で服を作る。指先まで丸く閉じてある宇宙服みたいなベビー服を、この成人男性のサイズで作り直したらどうだろう。夢の中で私は、アパレル会社の職員とミーティングまでしていた。

なぜ大抵の人は、寝て起きたときに顔が子犬みたいになるのだろうか。今朝、私の横で寝ていたその彼は、チワワみたいな顔だった。昨日はチャウチャウみたいだったのに……。彼から見た私の顔は、どんな動物に似ているのだろう。寝室の外で彼について話をするときは「あの人」と言うけれど、寝室の中では「この人」と呼ぶ。うちのベッドはセミダブルで、「あの人」と呼び合うにはお互いの距離があまりにも近いからだ。朝、私たちは目を覚ましたり、つぶったりを繰り返す。私が目を閉じると、彼は枕元に手を伸ばして心地よい音楽をかけてくれる。その時間と空間がとても安全で温かくて、私は心の隅で不安を感じる。そう思ったことを口に出さずにはいられない。

「あのさ」

「うん」

「でも、どのみちみんなひとりだよね、でしょ？」

私はひとりが嫌いだから、いたずらにそう言ってみる。こんなことを聞くと彼は、少し笑って私をすごく強く抱きしめる。ただでさえ重いのに、太ももは筋肉の塊だからさらに重く感じる。そんな体からの強い抱擁に耐えているとと息が詰まって、私は急にひとりになりたくなってしまう。彼はさりげなく、私が心のバランスを取れるように助けてくれる。するとすぐに、ひとりでも大丈夫だと信じられるようになって、私は穏やかな気持ちで彼との朝食メニューに頭を悩ませ始める。私たちは二人とも午後に仕事を開始して、深夜十二時過ぎに終えるスケジュールだ。今日は彼に一緒に寝ようって言わないようにしないと、と決意する。そう言わない自信が朝にはあったけれど、夜にもあるかはわからない。

唯一無二　2018.02.14 Wed.

このあいだ、私は小学校の作文の授業で、ひとつの疑問文を黒板に書いた。

「自分はなぜ、ゆいいつむになのか？」

その日のテーマだった。

一文の下に、漢字でも「唯一無二」と書いた。今まで「唯一無二」の「唯」は「ある」という意味の「有」だと思っていたが、不安になって黒板に書く前に検索してみたら、「唯」の字だった。検索しなかったら恥をかくところだった。「たった」という意味の「唯」、「ひとつ」の「一」、「ない」の「無」、「ふたつ」の「二」。

なぜ私たちは、それぞれが「たったひとり」なのだろう。子供たちは自分の体を調べだした。自分だけにあるところ、自分だけの曲がった指、自分だけにある膝のかさぶた、自分だけにできたイボなどを探して、楽しそうに書き始めた。

みんなが自分の体固有の特徴を忙しそうに探しているとき、別のことを書いて私のところに持ってきた子がいた。十一歳のキム・ジオンだった。ジオンの原稿用紙には、こんな文章が書かれていた。

> ぼくキム・ジオンは唯一無二だ。どうしてかというと四才までお兄ちゃんの助手だったからだ。それもふつうの博士の助手ではなくて、五才のあやしい博士の助手だった。いま思えばお兄ちゃんは、ぼくに生体実験をしたのだ。五才のあやしい博士は、

いまでは十三才のレゴ博士になった。博士は変わったけど、ぼくは助手として、ずっとお兄ちゃんを手伝っている。九年間助手として生きてきたぼくは、唯一無二だ。

それから彼は、こうも書いた。

ぼくは、うちの学校でいちばんよくない先生のクラスの生徒だ。その先生は出しゃばりな子をやたらとたたく。そんなところを見て、おそろしさとばかばかしさを感じるぼくは、唯一無二だ。

彼の文章を読んで気づいたのは、私たちを固有にする理由の大部分が、他人との中にあるということだ。他人とつながっているからこそ、自分が特別になる瞬間が訪れる。世界に自分たったひとりしかいなかったら、「固有性」だとか、「唯一」だとか、そんな言葉は生まれてもいなかったはずだ。私たちという存在は、他人と結ばれた関係によって常に新しく構成されるものだけれど、それは祝福だろうか、呪いだろうか？
「ジオン、良いことかな、悪いことかな？」
そう聞いてみると、十一歳のキム・ジオンは肩をすくめた。二十七歳の私も肩をすくめる。

キム・ジオンの次に、十三歳のキ・セファが私のところに原稿用紙を持ってきた。彼女は自分が唯一無二であることを、こんなふうに証明した。

私の唯一無二を見つけるのはむずかしい。だけど私は、うちのクラスのある子の秘密を聞いた唯一の人間だ。昨日、体育の時間がおわって教室へ戻ってくると、その子が泣きながら秘密をうちあけてくれた。私はその話を聞いてとてもおどろいた。でも、それは秘密だから、ここには書かないことにする。

文章はそう締めくくられていた。私は、自分よりも三倍は品のある十三歳の顔を見つめた。私たち人間は、ときに特別になったり平凡になれたりした。けれど、あまりにも強力な話は、聞く前と後とで私たちを別の人間にしてしまうことがある。秘密のほとんどはそんな属性を持っている。結局彼女は書かなかったので、その秘密が何だったか私にはわからない。知っていることよりも知らないことのほうが多いからこそ、私は自分を失わずに生きていけるのかもしれない。彼女のような品のある人に、私の秘密を打ち明けたかった。

驚きの慰め

2018.02.15 Thu.

長距離列車に乗って麗水からソウルへ帰る途中、長い付き合いの友達からカカオトークでメッセージが来た。

「あのさ、キスうまい？　キスがうまいって何よ」

二人で（笑）を連発しながら笑った。

「キスで好きな瞬間は、お互い上唇と下唇に少しずつ触れてから二人とも激しくなるときだね」と、私は送信した。

「私はキスが終わる瞬間が好きだな。だっていつどんな理由で終わるのか、いまだにわかんないから……」と、その子も送ってきた。

「そうだね……わかんない……」

「とにかく、やめるときに下唇を軽く噛むのと、親指でさっと拭ってくれるのが好き。つまり、もう終わりだよっていう内容を含んだ何かをするのが好きだってこと」

私はその子が誰かとキスをきりあげる場面を想像してみた。そうしたら、本当に気になってきた。

「でもさ、ほんとキスって一体なぜに終わるの」

「どんな理由でどっちが先にやめるのか、いつもなぞ……とりあえず首からキスして唇で終わるのは知ってる（汗）」と、友達が打ってきた。

「はは（汗）」

「はは（汗汗）」

　私たちは遠く離れていたし、何も言わなかったけれど、二人ともキスがしたくなったのは確かだった。


　そういえば私たちは以前、お酒を飲んで悲しくなった流れでキスをしてみたことがあった。電気の消えたその子の部屋で酔ったままうとうとしていると、悲しい記憶がひたひたと押し寄せてきて、涙が止まらなくなった。その子の枕が私の涙でびしょびしょになっていた。私が泣くのを何度も見てきたから、暗がりでも私の表情を鮮明に思い描けたはずだ。息が苦しくなるほど激しく泣いていると、隣で横になっていた友達が、私の体の上に乗ってきてキスをし始めた。

　あまりにも大きな衝撃を受けたせいで、悲しい出来事を一瞬のうちにすっかり忘れてしまった。

自分の顔に唇というパーツがあるのが恥ずかしくて、うれしかった。キスもキスだけど、その子の胸がとても柔らかくてすごく驚いた。かわいらしくてふわふわで、際どい触り心地だった。どうして私はこれを知らずに、今まで男性とだけ寝てきたのか。少し後悔した。これからは女性と愛し合いたいと、束の間考えた。けれど私が惹かれた女性たちの中に、私のことを好きになった人は一人もいなかった。彼女たちが私のことを大切に思っていて、好きなのは知っていた。好きだったとしても、恋愛やキスやセックスはしたくないと思っているのも明らかだった。軽やかでセクシーで聡明な女性たちの前で、私はひとりでバカみたいだった。ここで言うバカっていうのは、大げさに何度も相づちを打って、やたらと笑う人のことだ。

思いがけないキスが終わる頃、衝撃と緊張と快楽のせいで私は意識が半分遠のいていたのに、友達の意識ははっきりしていたようだった。二人の中で、ものを知らないのはいつも私のほうだ。ものを知らない人間は、常にどうすることもできずに驚くだけ。あらゆる方法で私をからかって驚かせる友達を抱きしめて、今後もまたするつもりなのか聞いてみた。私たちがもう、キスを経てセックスをする関係になったのではないかと思ったからだ。しかしその子は、何事もなかったような顔をして「もうしない」と答えた。それから、「明日の朝は定食を食べに行こう」と言った。私はとても決まりが悪かったけれど、少し安心もした。何度もため息をつきながら笑った。私たちはその後も、それぞれの愛を育んだり台無しにしたりして過ごした。

実際キスはほとんどの場合、それほど致命的な何かではない。する直前までは、絶対に中毒になって止まらなくなるような気がするけれど、いざ始めても延々とし続けるのは難しい。それでも私は、いつもキスを過大評価した。キスをしたあとは、取り返しのつかない関係になると思い込んでいた。軽やかでセクシーで聡明な女性たちが私に惹かれなかったのは、今になって思えば当然だった。彼女たちを驚かせるような実力は、私にはない。

その日から、キスを過小評価したくなった。そうすれば私も、いつか誰かに慰めのようなキスや、キスのような慰めを与えられるかもしれない。誰かを驚かせて、悲しみを忘れさせることができるかもしれない。

上品な関係

2018.02.16 Fri.

好きな人とご飯を食べるときは、箸を使うのが生まれて初めてのような感覚になる。食べ物を挟んで口に入れることが、こんなにぎこちないはずがない。何度も何かをこぼして服につけてしまうせいで気が遠くなり、そのうち胃がもたれてくる。緊張する相手とはなるべく食事の約束は避けて、コーヒーの約束だけにしておいたほうがいい。

年が明けたある日も、コーヒーの約束に急いで向かっていた。その人に会いに行く途中、なんだか不安だった。やっぱり、すごく好きなんだとわかったからだ。駅に近づくと、遠くにその人が立っているのが見えた。私はうっ……となってその人に向かって走った。距離が縮まるにつれて、不安の理由がはっきりしていった。その人を見てすぐに、もっとずっと会っていたいと思ったから。その欲望は私の心を躍らせると同時に、とても人恋しくさせた。もっとずっと、ってどれくらいなんだろう。

それは、夜に会っておしゃべりをして、その人が終電を逃すのを願うくらい。それから夜明け頃、その人をうちに呼んで、いちばん大きな服を貸してあげること。お互い、相手の体にしたいことをすべて試してから眠りにつくこと。太陽が真上にくる頃まで寝坊した布団の中で、デリバリーのメニューを一緒に選ぶのを願うこと。そんな夜と夜明けと朝に飽きることなく、もっとずっと望んでいる、という意味でもあった。

もしかしたらこの先あるかもしれない、あるいは永遠にないかもしれない、私とその人との愛について、ものすごい速さで想像した。私は恐る恐る、その人に向かって歩き続ける。今日の挨拶を交わせるくらいの距離で、その人の顔や体、姿勢と服、髪や手や耳などを眺めながら到着した。何が特別なのだろう？　まだうまく説明できなかった。

ぎゅっと抱きしめて挨拶するのはオーバーかな？

代わりに、その人の片方の腕をぎゅっと掴んで挨拶した。

「お待たせ！　すごくいいね！」

腕を掴まれたその人は戸惑いながら、「そうだね！」と返事をした。私はその人のことをいいねって言ったつもりだったけど、どう解釈されたのかはわからなかった。


私たちは少し歩いた。それぞれコートのポケットに手を突っ込んだまま近況を伝え合っていたけれど、ポケットの中の私の両手は力んでいた。さっき思いきって腕を伸ばしたとき、その人の体に触れるのが初めてだったから。その人の体はどこを取っても私より分厚そうだった。その姿が素敵で、バカみたいで、カバみたいだった。チャウチャウやクマみたいでもあった。分厚いくせに、ちょっと格好よくて、上品な身のこなしで私の横を歩いた。その体でどんな二十九年を過ごしてきたのか、何もかも知りたくなって気持ちが焦った。

そのとき私は突然、未来にジャンプして想像してみた。私は未来の自分を「未スラ」（未来のイ・スラ）と呼ぶ。未スラはその人の腕をわけもなくポンッと叩いたり、脇腹を突いたりしていた。電車やバスの中で、指を使って下品な冗談を交わし合ったりもする。軽々しい口調で相手を冷やかして笑いにすることもあった。未来で私たちは、ときにお互いをぞんざいに扱うくらいには信頼を築いている二人だったけど、そんな未来が私たちにやって来るかどうかはわからなかった。来ないかもしれない未来を「現スラ」（現在のイ・スラ）が一人で予行練習しているあいだ、その人は落ち着いた声で、フランスの作家が描いたグラフィックノベルの話をしながら歩いていた。友達として過ごしてきた半年間、その人はいろんな作品について語ってくれた。その人は私より多くのものを見て、多くのものもあった。その人は私より多くのものを見て、多くのものを描いていた。私が知っているものもあったし、知らないものもあった。私だってグラフィックノベルは好きだけど、でも、こんな上品な会話はしたくなかった。無礼でめちゃくちゃで、刺激的な関係になりたかった。私は心の中で叫んだ。

（ねえ！　マンガがそんなにいいんだ！）

そう言いたいのをぐっとこらえて、うわべは上品に質問した。

「どうしてマンガを描き始めたの？」

私たちは二人とも、一九九〇年代はじめに生まれたレンタルビデオ世代キッズだった。手垢まみれで、ときには鼻水がついていたりもするマンガ数百冊とビデオ数百本の中で、私たちは多感な幼年期を過ごした。子供の頃に好きだったマンガやアニメについて、楽しく話しながらカフェに入った。

「でも、マンガ好きだからって、みんな自分でマンガを描くわけじゃないよね？」

私が聞くと、その人が答えた。

「うん。でも小学生のとき、なんとなくルフィとピカチュウを並べて描いてみたくなったんだよ」

別々のマンガの主人公を組み合わせるのは、作家への目覚めの第一歩だ。その人が紙を一枚出して「ワンピース」と「ポケットモンスター」の主人公を並べて描くと、クラスの子たちが集まってきて物珍しそうに見ていたらしい。

他にも、制服を着た高校生が登場する学園ロマンスのマンガも描いていた。

「小学生が描く高校生の恋愛モノって……そのマンガのタイトルは何だったの？」

「タイトルは……『疑問符』だった」

私たち二人はクスクスと笑った。

「そう、愛はやっぱり、感嘆符じゃなくて疑問符だよね」なんて言いながら、その人をからかった。背中を軽く叩いて笑いたかったけど、叩くにはまだ未熟な関係だった。

始まりはいつだったのか、本人もはっきりとはわからないようだったけれど、とにかく、そうやってその人は、創作する人になっていったのだ。私は、自分が創作者になるまでの物語を思い出してみた。その人とそんな話をずっとしていたかった。それぞれの体を正面から通過していった、この世界の数限りない物語を語り合いながら、終電を逃したかった。けれど、外はやっと昼になったばかりで、夕方になれば私たちはたぶん別れるのだろう。

私は「好きだ」と言うタイミングをうかがいながら、コーヒーを上品にちびちび飲んだ。コーヒーだけで胃もたれしそうだった。

滑って転ぶ練習

2018.02.19 Mon.

十歳頃から、母が選んでくれた服は着なくなった。七歳から徐々にそうなっていった。お気に入りのデニムパンツとセーターの上に、子供用のダッフルコートを着て学校に行くと、教室では三十五人ほどの子供たちが立ったり座ったり走ったりしていた。

私はすごく緊張するタイプだった。目立つのが苦手なくせに、目立ちたがって硬直するような小学生だった。おとなしく席に座って、教室の子供たちをいろんな方法で分類することで、心の平穏を手に入れようとしていた。その分類法のひとつは、大人に選んでもらった服を学校に着てくる派と、自分で選んだ服を着てくる派に分ける、というものだった。どれだけたくさん服を持っているのかは関係なく、どれだけ良い服なのかも関係なかった。それと、自分の姿がどう見られているのかがわかっている子と、わかっていない子がいた。それをわかっていない子は、他人についても何もわかっていなかった。少なくとも私は、自分で選んだ服を着て登校する子と遊びたかった。それがおかしな服でも構わなかった。

その教室で、春、夏、秋を過ごした私は、何人かの男の子と女の子との距離が近くなっていた。授業が終わると、私たちはグラウンドの隅で内緒話をして遊んだ。誰かがこう言って始まる。

「内緒話しよっか?」

けれどいつも新しい話ができるほど、秘密をたくさん持っている子はいなかった。誰もがまだ、自分が望むほどには秘密めいてはいなかった。話すことがなくなった子は、他人の秘密を話す約束だった。

冬が始まる頃、私たちのグループのうちの一人だったテウという男の子が、私の机に紙切れを置いていった。

ぼくはスラが好き。
ずっと好きだった。
スラの気持ちが知りたい。
テウより

私が髪の毛をバッサリ切っておかっぱにしてから、何日も経っていなかった。丸見えになった首筋を触りながら、テウについて考えた。字は下手くそだったけど、テウは勉強ができた。背が低くても、サッカーでは常に中心のポジションを任せられ、話すときはいつも相手をまっすぐに見つめた。けれど秘密を話さなければいけないときになると、テウは目を伏せて気乗りしない様子でグラウンドの地面をいじった。なんで毎日ひとの秘密なんか聞きたがるのかと、女の子たちを恨むような目つきで見た。それから彼は、とても素敵なライトブルーのパンツをいつもはいていた。テウが着る服は、毎月五日に新韓マンションで開かれる市場で彼のお母さんが買ったものだった。私の母も同じ場所で私の服を買い、テウのお母さんにばったり会って立ち話をしたりした。こうして私たちには着るものが与えられたが、それでも朝、引き出しから服を選ぶのは私たち自身だった。テウのおかげで自分が少し秘密めいた人になったような気がして、返事を書いてロッカーに入れた。

ありがとう。
わたしもテウが好き。
スラより

好きだと伝え合った十歳の二人。このあと何をするべきだろうか？　彼も私もそれはよくわからなかった。

学校のグラウンドから周囲を見渡せば、遠くに山が見えて、近くには工事現場が見えた。建ち並ぶ中興マンションと新韓マンション、京郷マンションのあいだに、英語名のマンションが新しく出来上がった。その横では、ソウル春川（チュンチョン）高速道路が建設中だった。私とテウと仲間たちは、学校の前で五百ウォン[*1]のカップ入りトッポッキを買い食いして、思いっきり辛さを感じながら、遠くで削られていく山の中腹と、隙間なく並ぶパワーショベルを見た。高くなっていくコンクリートと、広がっていくアスファルトも見た。

そんな工事現場の中に、小さな川があった。あと少しで涸れてしまいそうな、水深五十

*1　本書では百ウォン＝約十円で換算

センチほどの小川だった。冬になるとその小川の水はカチカチに凍った。辛いトッポッキを食べてから、私たちは舌をべーっと出しながら凍った小川に向かって歩いた。歩いている途中、仲間たちは私とテウを先頭に立たせておいて、いつ手を握るのかと聞いてきた。テウと私は、それぞれのポケットに手を突っ込んで足を速めた。いつもは主人公になりたがるのに、そうやって注目されると、どこか世界の隅っこにさっさと隠れてしまいたかった。

小川はずいぶん氷のリンクらしくなっていた。子供六人が、小川のそばにリュックとシューズバッグを置いて、ビクビクしながら凍った川に入っていった。面積は教室三つ分くらいだった。みんなそれぞれに違う形のスニーカーを履いて両手を広げたまま、用心深く氷の上を歩いた。すぐに慣れた子たちは、かなり素早く走った。走っては急に止まり、立ったまま格好よくスライドしたりして、それから重心を失って尻もちをついた。仲間たちが笑って、冷やかして、もう一度起き上がって、また転んだときにテウが来た。

「滑りやすいから気をつけて」

彼は私に注意してくれた。

滑りやすいから気をつけるように、というのは、父からたびたび聞かされた言葉だった。当時、私はアマチュアアイスホッケー選手の娘で、脳に記憶が残り始める頃からスケートの滑り方を知っていた。アイスホッケーだけではなく、フィギュアやスピードスケートの靴を履いても難なく滑ることができた。でも、そんなことはひとつも重要ではなかった。なぜなら私たちは、滑って転ぶためにここに来たのだから。氷の上で手をつなぐのは、あまりにも当然のことだった。

私たちは並んで氷の上を散歩した。わざと転んだりはしなかったけれど、普段よりも不注意な人間になって歩いていた。転びそうなっても最善を尽くさない。最善を尽くしたら私は絶対に転ばなかった。テウもそうだったはず。氷の上で最善を尽くさないからこそ、私たちはお互いを助け起こして、服についた雪も払ってあげられた。日が暮れるまでそうしていると、心身が緩んでくたくたになった。みんなそれぞれ気持ちよく疲れて家に帰り、お母さんが作っておいてくれたご飯を食べた。

そういうわけで、小川の凍る面積が広い日でも狭い日でも、私たちはそこに行った。うちのトイレの大きさくらいしか凍らなかった日でも、私たちは必死に小川に行った。あえてその狭い氷の上を歩こうとした。転ばないように努力するポーズをとりながら。本当は滑って転びたいと思いながら。

けれど、地球が自転して公転するにつれて、気候は暖かくなっていった。

これからはどこで滑ろうか。

春の訪れを少しだけ残念に思いながら、私たちは十一歳になった。

懐胎

2018.02.26 Mon.

あなたを身ごもったときのことを正確に記憶している、と母は言った。

一九九一年のある秋の夜、ソウル市東大門(トンデムン)区踏十里(タプシムリ)にある、古い半地下部屋の床の上だったという。夏のあいだはずっと止めていたオンドル[*2]のボイラーを、そろそろ回し始めようかという季節。最大限に暖められた床の上で、母と父は熱く抱き合ったのだろう。

躍動的な収縮と弛緩。

激情的な吸気と呼気。

そんな情景を少し想像してみただけで、すぐにぐったりしてしまった。だいたいの物事に具体性を求める私でも、両親のセックスを想像することに限っては抽象的にしておくほうがよさそうだ。とにかく、いつだったか父が何の気なしに話してくれた内容によれば、その日のセックスが終わると、母はこれ以上ないくらい明快な顔をしていたらしい。普段だと、ゆるんだ顔で天井を見ているうちに、すぐにいびきをかいて寝入ってしまうのに、その日の夜は異常なほどにはっきりしていた。母は落ち着いた声で父に言った。

「娘を身ごもったような気分だよ」

父はその気分を信じないまま、眠ってしまう。その頃、母は夢の中で果樹園をよく散策していたという。赤くて丸い艶のあるリンゴを、かごいっぱいに摘み取っていた。

信じても信じなくてもいいような話が私は好きだ。はるか昔、象が泥の上を踏みしめたあとにできた大きな足跡を、ある女が踏んだら妊娠した、みたいな途方もない誕生説話もいい。耽羅（タンラ）で巨体のソルムンデ婆さんが、済州島を誕生させてひっくり返したり、漢拏山（ハルラサン）に腰掛けたりした、みたいな神話[*3]も好きだ。母はリンゴを摘み取る夢を見たあとに私を産んで、その私がいちばん好きな果物はリンゴなのだけど、そのあいだには何の因果関係もなさそうだ。たまに母の横に寝そべって、私がまだどこにも存在していなかった頃の話を聞かせてもらっている。

母は遠い過去の話をするときでも、ためらうことなくその話に向かって突っ走る。直視することに抵抗がないみたいだ。彼女は汗をかいて床で横になっているときに妊娠を直感した、過去の自分を鮮明に思い出していた。私は、若い頃の二人の体と彼らが住んでいた寝室の間取りを想像し、部屋にベッドはなかったのかと尋ねた。

＊2―朝鮮半島で伝統的に用いられてきた床暖房の一種　＊3―ソルムンデは、頭が天につくほど巨大な創造の神。耽羅は済州島に古代から中世にかけて存在した王国で、漢拏山は済州島にある韓国の最高峰

「ううん、あったけど」
「じゃあ、なんで床でしたの？」
「さあね。最初はベッドで始めたんだけど……」

母は言葉を濁し、私は額に手を当てた。

妊娠中、母のつわりはひどかった。母の母の母もそうだった。食べ物をほとんど口に入れられず、匂いも受けつけなかった。唯一、口にできて喉を通ったのはマッコリだった。母は妊娠初期、マッコリで栄養を補って生き延びた。私に問題があるとしたら、それはおそらくマッコリのせいだろう。

生まれてみたら家には母と父以外にも大人たちがたくさんいて、私の名前に漢字を付けてくれたのは父の父、つまり祖父だった。彼は私の名前を、大きな玄琴(コムンゴ)の「瑟(スル)」と、美しいという意味の「娥(ア)」の二文字で作った。数千回と名前を呼ばれているうちに、私は自分のことを「スラ」だと認識するようになる。自分を「スラ」だと信じるようになった私は、十年を大家族の中で、十年を核家族の中で、そして七年を独立して生きてきた。

この名前で二十数年生きてきて、ふと疑問に思った。美しいの「娥」の字にどうして、女の子の「女」と、私の「我」が合わさった漢字を選んだのだろう。突拍子もなく、大きな玄琴の「瑟」の字を付けたのはなぜだろう。今も踏十里に住む祖父に電話した。

「おじいちゃん、どうして私の名前に『瑟』を入れたの？」

彼はいつもの体操の最中だったのか、息を切らしながら答えた。

「おまえ、玄琴の音を聞いたことがあるか？」

私はちょっと考えてみる。

「ない」

彼は間髪入れずに言った。

「音がなぁ、心の琴線に触れるだろ」

その音色を聞いたことのない私は、何も返せなかった。心の琴線に触れるだなんて素晴らしいのだけれど、私の祖父はもともと、大げさに感動するところがある。私もだけど。考えてみると、私を生んで育てた大人たちの気質は、おおよそ欠乏よりは過剰に近かった。食欲でも性欲でも表情でも情緒でも言葉でも、足りないというよりは溢れていた。

いつだって溢れるほど言葉を使う大人たちの中で育った。そして今は、空虚な言葉を減らす練習をしながら生きている。そうすれば、私と私の周りにいてくれる人たちについて、ちゃんと伝えることができるのだから。

祖父

2018.02.27 Tue.

五十年前に撮られた一枚の写真を見ながら、私の起源を推察してみよう。一九九六年のある夏の日、乙旺里（ウルワンリ）海水浴場のワンシーン。写真の中では、若くてたくましい体の男たちが砂浜に腹ばいになって腕相撲をしている。右のほうにいる一番筋肉のある男が、私の祖父ハヌだ。彼は腕相撲で負けたことがない。その日の乙旺里でもそうだった。祖父はこの写真を「過去の缶詰」だと言った。

涼しい顔で腕相撲に勝った彼は、友人たちと海水浴を楽しんだ。海の中を力強く泳ぎ、近所の民泊で一泊して短い休暇を過ごした。すでに結婚していたり、まだしていなかったりする、一九四〇年代生まれの男たち。彼らの妻や恋人は海水浴場にはいない。そのとき新妻だった私の祖母は、妊娠していて家にいた。祖父が言うには、当時の女たちは旅行にはあまり行かなかった。遊びに行く前日、祖父と祖母は市場へ出かけて、乙旺里に持っていく弁当の材料を見て回った。甘塩っぱく味付けされたジャガイモと、薄味に和えた大根ナムルなどを買っておいて、眠りについた。

翌朝、二人はうっかり寝坊してしまった。そのせいで弁当を詰められなかった。祖父は弁当を持たずに乙旺里へ向かった。留守番の祖母はラジオを聴きながら歌っている。ある新婚夫婦のひととき。私の父が祖母のお腹の中にいたときの話。

それから五十数年が過ぎた今でも、祖父はそのときと同じくらいの筋肉量を維持している。毎日、運動をしてきたからだ。会社員だったころも社長だったときも、毎朝の時間を割いて山に登ったり、自転車に乗ったり、インラインスケートで滑ったり、平行棒で姿勢を正す訓練をしたりしていた。外出できない日には、家で器具を使わずに体操をして体を動かした。

祖父が長い時間をかけて地道に鍛えてきた体を見ながら、私は彼から受け継いだものの一部を実感する。彼の体ほどいかつくはないけれど、お腹と太ももの筋肉をいつも硬く緊張させているという点で、私は彼に似ている。

私が言葉を覚え始めた頃、祖父は私に誰をどう呼ぶか教えた。叔父と叔母。伯父と伯母。従兄弟と従姉妹。母方の祖父と祖母。母方の伯父と伯母。お兄さんとお姉さん。当たり前のような名詞を習得して大きくなった。それから彼は、世の万物についても熱心に説明した。ソルロンタンはどこの店で食べるべきか、牛肉は馬場洞（マジャンドン）のどの店で買うべきか、果物は京東市場（キョンドン）のどこで選ぶべきか、すべて教えてくれた。

彼は六〇年代のソウル市鍾路区（チョンノ）で成功を収めた商人だった。七〇年代に入ると小さな店を開いて自動車部品を売り、稼いだお金で三人の息子を育てた。三兄弟はみな商人になり、それぞれ違うものを売りながら生計を立てている。私はその一番目の息子の娘だ。長男である父は三兄弟のうちただ一人、文学に心酔した。文学好きの父を祖父は信用していなかった。父は二十代半ばまで小説と祖父と世界とのあいだでさまよい、私を授かってからは本格的に商売人になっていった。私は商人たちの中で育った。

祖父は私に、薄利多売はしないようにと忠告した。安くて細々したものをたくさん売るのではなく、高くて大きなものをたまに売る、高級路線を目指すようにと。

けれど私は、薄利多売がよかった。質に自信がないからだ。

それで、文章一本につき五百ウォンを受け取りながら、購読者に毎日文章を送る。量で勝負するために、毎日書く。私の文章一本は屋台で売っている卵パンより安いし、おでん一串よりも安い。おでんよりおいしい文章を書くのは簡単ではないが、在庫が残らないという点で、デジタルなメールマガジンという形がとてもありがたい。

祖父にとって文章を書くことは、お金を稼ぐ仕事のうちに入っていなかった。だから私が二十二歳で時事週刊誌の『ハンギョレ21』に短編小説を書いて小さくデビューしたとき、祖父には絶対自慢したかった。賞金が百万ウォンだったから。けれど、私がヌードモデルの仕事をしながら書いたその小説は、彼には見せられなかった。それに、祖父はハンギョレを好きじゃなかった。

受賞した小説を見せることはできなかったけれど、その後もあれこれ連載をしながら家の保証金を稼ぎ、家賃を払った。そんな生活を五年も続けていると、「スラはもしかしたら女流作家になれるかもしれない」と祖父が言いだした。私は「女流作家」を「作家」に訂正してほしかったけれど、女流作家の「女」の部分をひときわ長めに発音したので、おとなしく黙っていた。その言葉が彼をさらに誇らしくさせているみたいだったから。祖父がずっとしてきたようなやり方で私を愛したとしても、私は父みたいに傷つかずにいられた。祖父が通ってきたのとはまるで違うシステムの中で生きているからだ。

男の多い家庭の一人娘である私は、祖父を中心とした体制の大家族を離れて、どこに向かっているのだろう。私という存在がそこから来たわけではないけれど、そこを通過してきたのは確かだ。子は親に似て、親はその親に似る。けれど、長い年月を経るうちに、子孫の姿は祖先に似なくなることもある。遺伝というのは、人間がうんざりするほど繰り返しながら経験していくマジックだ。自分とまったく同じ個体はこの世には存在しない、という事実は、私を驚かせる。自我について考えるとき、私は祖父を思い出すことから始める。彼は、私を育ててくれた人の中でいちばん古い大人だから。自我にも足し算や引き算が適用できるというなら、祖父は幼い頃の私に、多くのものを足したり掛けたりした。今の私は、彼がそうやって与えてくれたものから、多くのものを引いたり割ったりしている。引かずにおいているものもある。

　祖父は電話で話すと必ず、逆立ちの練習をちゃんとやっているか、と聞いてくる。友達の中で壁に頼らずまっすぐ逆立ちできるのは自分だけだ、と私は答える。これからもずっとそうやっていくように、そう念を押して、祖父は電話を切る。

あなたの自慢〈上〉

2018.02.28 Wed.

一九九九年の登山

「これのおかげでどれだけ歩き回ったかわかりゃしない」

祖父は昨日の苦労について話した。彼は東大門中央市場と平和（ピョンファ）市場と黄鶴洞（ファンハクドン）と東廟（トンミョ）前を一日中まわって、お玉一杯分以上の汗を流したと言った。

「なんであんなに人が多いんだ！　なんであんなに探しても見つからないんだ！」

私の顔を見て言ったわけではなかったが、俺の話を聞けと言わんばかりだった。1号線の電車の中はかなり混み合っていて、私たちは優先席の前に立っていた。祖父は短い腕をぐいと伸ばして天井のつり革を摑み、つり革に手が届かない私は手すりを握った。地下鉄はガタンガタンと音を立てながら走っていた。

優先席は空いていたが、祖父は座らなかった。自分は老人でもないし体が不自由なわけでもないから、という言い分だった。

「お金がないからそんなに歩き回ったんじゃない。これはお金を出したってなかなか買えるもんじゃないんだ。自分の足で市場を探さないと手に入らん。おまえのサイズは店じゃ売ってないんだからな」

祖父の声がますます大きくなる。私は彼の袖を引っ張って言った。

「わかったから静かにして」

彼は話し足りなさそうに口をつぐんだ。少し申し訳なく思った私は、間を置いてぶっきらぼうに尋ねた。

「そんなに手に入らないものなの？」

祖父と私は同時に私の足元を見下ろした。そこには栗色の革製登山靴があった。彼は待っていましたとばかりに息を大きく吸い込んで、「決まってるだろ！」と叫んだ。突然つり革から手を離して私の足のそばにしゃがみ込み、かかとのほうを見ようとする。電車内でしゃがんでいるのは祖父だけだった。周りを気にした私は、祖父をたしなめた。

「なんで座るの！」

祖父は、登山靴を履いた私の右足を自分の手で支えて、かかとのロゴを見せてくれた。

「これ見ろ、これ。『ドイター』って書いてあるのが見えるだろ。ドイターが何かっていうと、ドイツの人たちが作ったって意味だ。おまえ、ドイツ人がどんな人か知ってるのか？」

私は無視したが、祖父は気にも留めず説明を続けた。

「ドイツ人は地球上でいちばん几帳面だ。よっぽど丈夫に作ってあるのか、壊そうとしても壊れない。そんな民族が作ったのがこの靴なんだけどな、ドイターの登山靴の中で21センチのサイズは我が国にそうはないぞ。大人のサイズは多いけどな。でも子供用の登山靴はあまり作らん。なんでかわかるか？」

私は偉そうに答えた。

「知らない！」

祖父は床に手をついて、立ち上がる。

「そりゃあ、子供たちが山登りしないからさ。山に子供いるか？　いないだろ？　山は大人しか行かん」

私はため息をついたが、彼は続けた。

「ところで！　イ・スラって誰だい？」

「もういいかげんにして」

「イ・スラはイ家の娘！　唯一の女の子！　イ・スラは他の子と違って山も上手に登るんだ。なんでだ？　私の孫娘だからだ。安平大君（アンピョンテグン）＊4の子孫だから。そんなら、私は誰だって？」

正解を祖父の口から聞きたくなくて、私はできるだけ素っ気なく答えた。

「おじいちゃんは、道峰山（トボンサン）のリスじゃん……」

満足げに祖父は笑った。

道峰山のリスと私は電車から降りた。1号線の道峰駅だった。山のふもとの駅からだと、山の全体像がわかりにくい。山は遠くにあるときだけ三角形に見えるのだ。すぐそこにある道峰山も一目では全貌がわからず、どれくらい大きくて高いのか見当もつかなかった。私たちは駅から山の裾野まで歩いた。必要な荷物はすべて祖父が担いだ。彼は足は短

＊4　李氏朝鮮第四代国王・世宗の三男で、詩文・書画にも明るかった

いが歩くのは早い。私はときどき駆け足にならないとその足取りに追いつかなかった。太陽がジリジリと照りつける夏だった。額にはすでに汗が流れていた。

山の入口にあるムスゴル渓谷のチケット売り場で、一組の夫婦に会った。ポシンタン[*5]屋のおばさんとおじさん夫婦だった。夫婦は踏十里市場の路地の端でポシンタン屋を営んでいた。今日、祖父と一緒に山に登る人たちだ。お揃いの登山服を着てきたようだ。おばさんが私に話しかけてきた。

「お姫さまがどうしてここに?」

その頃はどこへ行っても「姫(コンジュ)」と呼ばれた。他の八歳の女の子たちも同じだったと思う。横にいたおじさんは私の髪をなでながら何年生かと聞いてきた。私は君子(クンジャ)小学校一年生だと答えた。おばさんが祖父を見て、「奥さんはどこかに置いてお孫さんといらしたの?」と尋ねた。祖父はその質問を待っていたかのように、得意げに答えた。

「妻を新しく一人めとったんです。幼い女の子を」

ちっとも笑えない話に彼が大笑いしている隙に、私は先に歩き始めた。21センチのドイターの登山靴で森の道を進んだ。

後ろを歩く三人の大人は、私の登山靴について話し始めた。祖父が待ち望んでいたことだった。ポシンタン屋のおじさんが言った。

「お姫さまはとても素敵なのを履いてたんだねぇ」

私の後頭部に向かって話しかけながら、祖父に聞かせていた。祖父はもう一度靴の話をするために、口をつばで濡らした。どうしてそんなに自分のことを話したがるのか、不思議で仕方なかった。

「その靴はお金を出しても買えないんですよ」

祖父は誇らしげに言ったが、先を歩いていた私が冷水を浴びせる。

「お金払ったのに買えないわけないじゃん。じゃあ、おじいちゃんはどうやって買ったの」

祖父はお構いなしに自慢を続けた。

「昨日あれを買いに黄鶴洞や東大門や新堂洞(シンダンドン)を全部回ったんです。私はまず中途半端なものは買わないから。五十年以上山に登っていると、登山靴をちらっと見るだけでも高級か低級かすぐわかるんですよ」

ポシンタン屋のおじさんとおばさんと私は、祖父のつばが飛び散る自慢話を聞きながら、二十分ほど山を登った。すると、遠くからザーという音が聞こえてきた。音はだんだ

*5 犬の肉を使用した朝鮮半島の栄養スープ

ん近づいてくる。木々のあいだをかき分けて道を進んでいくと、滝が現れた。途切れることのない水の音がうるさすぎて耳が塞がったように感じたが、祖父の得意げな声が聞こえなくて、むしろありがたかった。

しかし祖父は、滝の音を突き破るほどのでっかい声で叫んだ。

「ここが夫婦滝だ！　この滝の水がどんだけ澄んでるかっていうと、掬ってそのまま飲めるくらい澄んでるんだ。私が道峰山に通いだしたのは二十歳からだから、そのあいだにここで飲んだ水だけでも何十リットルにもなるな」

そう言って彼は小川のほとりに駆けていき、滝から落ちてくる水を手で受けてごくごく飲んだ。おばさんとおじさんは、その後ろのほうで言葉を交わしていた。

「年寄りが本当にかくしゃくとしてるなぁ」

「毎朝すごく運動してらっしゃるから……」

「でも、やりすぎは違うんじゃないか」

「そう。なんでもほどほどにしないと」

気分の上がらない私は滝のそばの岩に腰掛けていたが、再び先頭になって山を登った。急な斜面が始まっていた。傾斜が急になるにつれて山道の幅は狭くなった。この登山で気立てが良くてかわいい孫娘の役割を演じるつもりはこれっぽっちもなかったけれど、だからといって体力のない弱い子に見られるのも嫌で、歯を食いしばって山を登った。踏十里市場の人々について話しながら追いついてきた三人の大人たちは、山を勇ましく登る私を賞賛した。祖父は「それはやっぱり自分の血を受け継いでいるからだな」と強調した。

「私って道峰山のリスじゃないですか」

ポシンタン屋のおばさんとおじさんは「その通り、その通り」と賛同した。私はその声から遠ざかろうとして、できるだけ先を歩いた。

けれど、急斜面の山道は険しくて手ごわかった。はあはあしながら必死に呼吸しても、うまく息ができず苦しい。汗だくになった顔を持ち上げて上を見ると、寺が見えた。寺までは百段以上もの急な階段が続いていた。一瞬呆然としたが、祖父に追いつかれるのが嫌で、必死になって階段を一段二段と登っていった。三十段ほど登ると、目の前がぐるぐる回って息が上がった。

そのとき、後ろからぐんぐん私に追いついてきた祖父が突然、両手を私のお尻にがしっと力強く当てて、下から押し始めた。

「じいちゃんがこうやって押せばなぁ、この世界で行けないとこはないわ！」

その瞬間、怒りが爆発した。

祖父のせっかちなところと、推測できない愛情の深さが負担になっているのに、そんなふうに触ってきたことが腹立たしかった。私は自分のお尻から祖父の手を引き剝がし、振り返って言い放った。

「なんで！　触るの！」

汗まみれの祖父が慌てふためいて私を見た。私はもう一度声を張り上げた。

「私の！　おしり！　なんで！　触るの！」

それから、狂ったように彼の胸をめちゃくちゃに叩いた。

あなたの自慢〈下〉

2018.03.01 Thu.

一九九九年の下山

祖父は危うく階段から転げ落ちるところだった。息を切らしてあとをついてきたポシンタン屋の夫婦が、祖父を後ろから支えた。

「お姫さまがどうして！　山も登れるお姫さまが！」

ポシンタン屋のおばさんが私を叱った。私はおばさんの手を払いのけて、その場にべたっと座り込んでしまった。それから、祖父が今日聞いた中で一番がっかりしそうな言葉を吐いた。

「もう行かない」

信じられない、という表情で祖父が言った。

「何だと？」

「もう一歩も行かないったら。おじいちゃんのせいでイライラするから」

彼は笑って私を言い聞かせようとした。

「あとちょっとで寺に着くし、寺に行けば鉱泉水もあって休めるぞ」

「行かないって言ったじゃん」

いつの間にか彼は、懇願する目つきになっていた。

「頼むから、もう少し登ろう。じいちゃんのためにも」

「おじいちゃんのために登るのが嫌になったんだよ」

彼は肩を落とした。説得をあきらめたようだった。ぎこちなく笑って、ポシンタン屋の夫婦に言った。

「明日、鍋を食べに行きますね」

おばさんとおじさんは「早く下りなさい」というふうに手を振った。私たちは夫婦と別れた。祖父の顔も見ずに下山を始めた私の手を、いつの間にか走って追いついてきた彼が摑んだ。

「おまえ、臭いぞ！」

カッとなった私は、その手を振り払いながら言った。

「臭いってなにが！」

祖父は私のズボンを指差した。

「おまえがさっき座り込んだところにうんこがあったんだろ。ズボンに染み込んでて凄まじい臭いだぞ」

私は慌ててお尻を見た。本当にうんちがべったりついていた。泣きたくなった。自分の手に負えないと思ったからだ。私はズボンにうんちをつけたまま夫婦滝まで歩いた。滝の前で祖父は、私の登山靴とズボンを脱がせた。

パンツ姿になった私は、「あああっ」と声を上げながら大きな岩まで走っていって隠れた。岩の影からひょっこり顔を出して覗いてみると、祖父の洗濯する姿が見えた。彼は木の枝を一本折ってきて、登山靴の底のあいだに挟まっているうんちをほじくり出していた。うんちが付着したズボンも根気よく洗っていた。本当は一人で先に行ってしまいたかったけれど、パンツ姿ではどこにも行けないのが悔しかった。自分の年齢が嫌だった。

登山なんかについていかないといけないし、服に何かがつけば誰かに脱がせてもらって洗ってもらわないといけない立場に苛立った。パンツだけはいたまま、大きな岩の陰から祖父に向かって叫んだ。

「もうその水飲めないね！」

滝の下でズボンを洗濯していた祖父が叫んだ。

「なんだって？」

私はもっと大きな声で叫んだ。

「その水におじいちゃんがうんちつけたから、もう飲めないねってば！」

祖父は洗濯する手を止めて笑った。そして、うんちを洗い落としたズボンと登山靴を持って小川から出てきて、力いっぱい絞り始めた。ぎゅっと握りしめた拳のあいだから、小川の水がぽたぽた落ちた。祖父は握力が強かった。彼が一口飲んで閉めたサイダーのペットボトルは、私が死ぬほど力を入れても開けられなかった。

私たちはまたムスゴル渓谷のチケット売り場に下りてきた。濡れたズボンと湿った靴をはいて歩くのは、最悪の気分だった。祖父はちょっとトイレに行ってくると言った。私はチケット売り場の案内板の前に立ち、わけもなく登山靴で地面をとんとん蹴った。長いあいだトイレから出てこないのを見ると、祖父はうんちをしていると思われた。私はため息をついて、もう一度ズボンの水気を絞った。家に着くまで乾かなそうだった。トイレから出てくる祖父の姿が見えた。彼は短い足でずんずん私のもとへ急いで歩いてきた。祖父が一日中背負っていたリュックが目に入った。重そうだった。その中に何が入っているのか聞くのが怖かった。リュックを開けるとき、彼が再び気落ちするのは目に見えていた。それが何であろうと、朝早くから起きて一生懸命準備してきたはずだから。

何が入っているのか私が聞く前に、祖父はリュックを置いてジッパーを開けた。中からホットブレイクを二個取り出した。それが私のいちばん好きなチョコバーだと彼は知っていた。私はホットブレイクを受け取りつつ尋ねた。

「ほんとはどこで食べようと思っていたの？」

「牛耳岩（ウイアム）で食べようと思っていた」

「牛耳岩ってどこ？」

祖父は足を止めて後ろを振り返り、遠くを指差した。

「あそこに見える大きな岩。牛の耳みたいな形だから、牛耳岩って言うんだ」

私は祖父の指の先にある牛耳岩をじっと見た。ずいぶん遠いようだが、自分の足で行けない距離じゃなさそうだった。けれどなぜだか、彼と私が牛耳岩に行くことはもうないだろうと思った。

私たちは再び1号線の道峰駅に向かってとぼとぼ歩いた。祖父の足取りも普段ほど速くないところを見ると、急ぎたい気分ではなさそうだった。ようやく昼食の時間になったばかりだった。朝に駅を降りたときよりも、祖父が小さく感じられた。ふいに、さっき祖父の胸を叩いたことを思い出した。その記憶を追い払うかのように、私は言葉を振り絞った。

「私が頂上まで登ったらうれしかった?」

「そりゃあな」

「登ったらヤッホーって言ったのかな?」

「道峰山のリスはヤッホーなんか言わん。そんなのは山に初めて来た子供たちがすることだ」

祖父のリュックには四段弁当が手つかずのまま入っていた。その日、彼がお弁当に何を詰めてきたのか、私は今も知らない。それ以来、祖父は私を肴にして酒を飲んだ。車のシャーシ店の社長やタイヤ店の次男を呼んでは、蒸した干しダラをかじりつつこんな話を並べ立てるのだった。

「うちに小娘が一人いるんだが、この踏十里の町で一番のバカ者だ。小娘と呼ばれると床におしっこを撒き散らすわ、高い金を払ってピアノを買ってやってもオム・ジョンファの歌しか聞かんわで……この前なんか一緒に道峰山に行ったんだが、まぁこの小娘ときたら、登ってる途中でもう下りたいって駄々をこねるんだよ。私をめちゃくちゃに叩きながら、もう一歩たりとも登らないって言うんだ、こいつが……」

それが道峰山のリスとの最後の山登りで、私が彼の自慢になるまではそれから長い年月が必要だった。

ウンイ　2018.03.06 Tue.

私の父の名前はサンウンだ。相互の「相(サン)」にオスの「雄(ウン)」と書く。父の名前を思い浮かべるたびに、彼を呼ぶ母ボキの声が自動的に再生される。サンウンさん、サンウンさ〜ん、という声。「ン」が重なる名前だから、意図しない鼻息が混ざってかわいらしく聞こえる。

父は一九六七年、明倫洞(ミョンリュンドン)のとある産婦人科で生まれた。感情をほとんど表さない女と、感情を激しく表す男とのあいだに生まれた、第一子だった。彼は「ウンイ」と呼ばれてすくすくと育った。祖父は、ウンイが国民学校に入る前の、ある日の姿を鮮明に覚えていた。七歳の頃、ウンイは煎餅が大好きだった。市場で売っている薄く焼いた茶色のお菓子だ。店に行って食べておいでと祖父が小銭を握らせてくれたので、ウンイは出かけていった。ところが、日が暮れてもウンイは帰ってこなかった。祖父は心配になって、外に出てみた。

真っ暗な道をしばらく歩くと、遠くの路地口の電柱のそばに幼いウンイが立っていた。彼は街灯の明かりの下で何かをじっと読んでいた。祖父が近づいてよく見てみると、それは煎餅が入っていた紙の袋だった。本や屑紙を一枚ずつバラバラにして、糊で貼り合わせて袋にしていた時代の話だ。紙の袋を作る内職でお金を稼いでいる人たちもいた。ウンイは時間が経つのも忘れて、その袋に印刷されていた面白い話を読んでいたのだ。

祖父は清渓川（チョンゲチョン）八街の古本屋を回って、アンデルセンの童話全集を購入した。息子たちが読みやすいように、絵もあって文章もある本を買ってあげたかったのだ。両手いっぱいに抱えても全部は持ち帰ることができず、結局は小型トラックを呼ぶはめになるほどたくさん買った。その童話全集をすっかり読み終えたのは、長男である私の父だけだった。次男と三男は読まなかった。次男はもともと本など読まない子で、三男は国民学校で「反共こども賞」をもらったが、本に夢中になることはなかった。

三兄弟は似ているところがほとんどなかったのに、スケートが上手なのは同じだった。

冬になると祖父は三人の息子たちを連れて、上渓洞（サンゲドン）のスケート場に行った。広い田んぼに水を引いて凍らせていた。そこでいちばん格好よくスケートをしたのは、この三兄弟だった。いつからかスケート場のマネージャーは三兄弟から入場料を取らなくなった。上手に滑る人がよく来てくれるほうが、スケート場の経営に良い影響があると考えたからだ。

父は普成（ポソン）高等学校に進学した。部活動の選択をする時間に、父は新聞部を選んだ。祖父はそれを不満に思ったようだ。本をたくさん読むのまでは良いとしても、文章に関連する進路に決めるのは反対だったのだ。それに輪をかけて、新聞部に入ってから息子の成績が落ちたせいで、さらに不満が募った。

新聞部には後輩に手をあげる先輩がわんさかいた。新聞部じゃなくても、そんな先輩はそこらじゅうにいたのかもしれない。父は先輩たちにバットで打たれながら、校誌に載る記事を書いた。卒業生に関する報告、学校のトイレ修理のお知らせ、英語の先生に女の子が生まれたニュース、などだった。ときには新聞部として、教育方針についてのコラムを書くこともあった。

父はどうして新聞部に入ったのだろう。

私にはわからない。

ところが私も、中学・高校のあいだ、なぜか校誌編集部に所属していた。大学の専攻も新聞放送学だった。四年間大学に通って卒業したのに、新聞も放送もいまだに何だかよくわからない。「記事の作成と編集」という講義を聞いて、書き手の意見は含まれない事実だけを述べる「ストレート記事」を書いて課題として提出したのに、それを読んだ教授がこう言った。

「記事を書けと言ったのに、なぜ小説を書いてきた?」

そのとき、私は小説家になりたいんだと気づいた。

それ以降、将来の希望を話すときは「小説家になりたい」と言うようになった。私が愛する小説家たちの顔と文章を思い浮かべながら、力を込めて言った。口先だけで言い回るのはみっともないから、出版社がやっている小説の創作講座をいくつか探し出して受講し、習作を書いたりもした。おかしな小説を何本か書くうちに、小説の書き方がわかっていないと自覚するようになった。とりわけフィクションを書く才能がなさそうだった。それはもうどうしようもない、という感じで、今はこうしてエッセイを書いている。未来は必ず小説も書ける人になりたい。

一九八〇年代、父は小説をたくさん読む青年だった。そして二〇一〇年代の今、彼は「今日のユーモア」[*6]を読む中年だ。かの青年からこの中年になるまでの、父の職業は十五種ほどになる。

自動車部品店のスタッフ（黒龍商会）
両面テープ加工（デファン実業）
障がい者向け水泳インストラクター（正立会館）
一般向け水泳インストラクター
幼児向け水泳インストラクター
江原道(カンウォンド)寧越東江(ヨンウォルトンガン)のラフティングガイド
アマチュアアイスホッケー選手
各種肉体労働（コンクリート流し込み）
暖炉販売（営業、相談、施工、アフターサービス）
商店街専門の不動産屋のスタッフ
地域の広告雑誌の制作・販売
国内職業潜水士（全国各種のダム、発電所、貯水池、港）
海外派遣職業潜水士（アフリカ・アンゴラ海岸に沈んだ船の引き揚げ作業）
代行運転手
イベント用品レンタル事業（営業と設置）

こうした職業を経験しながら、文学青年だった父の体と心がどのように変わっていったのか、いつか詳細に聞いて記録してみたい。最近私は、父の立ち姿をぼんやり眺めていることがよくある。彼の後ろ姿はまだ若いと思う。長くて丈夫そうな足は、しなやかにすんと伸びていて、頭にはまだ白髪がない。

父の鞄には、万能ナイフと日本製の爪切り、上等な楊枝がいつも準備してある。プラスチック製のその楊枝の片方の先端は、何でも突き刺せそうな鋭い刀の形をしていて、もう片方はとても細かいブラシになっている。一言で言うと、歯と歯の隙間にどんなに厄介な異物が挟まっていようとも一撃で完璧に除去できる、「無敵の楊枝」だ。父と一緒に食事をしたあと、私は必ずそれを一本要求する。すると彼は、楊枝を私の手に渡しながらこう言う。

「父さんにとってほんっとーに大事なものだけど、娘だから一本くれてやろう」

私はふんと笑って済ます。父は毎日ユーモアを発動させる。彼のギャグはたいてい長くて、そのせいでいつも失敗する。起承転結のあることが問題かもしれない。大爆笑で終わるよう、オチをしっかり準備してから話し始めるからだ。父がギャグを言い始めると、聞

＊6 面白い話を掲載するメールマガジン（現在はウェブサイトのみ）

き手の私はいつも不安になる。話が序盤と中盤を過ぎるあいだ、私は予感する。

(つまんなそうだな……)

私の乗り気でない表情にもお構いなしに、父は粘り強くギャグのオチに向かってしゃべり続ける。予測可能な結末に向かって、予測可能な速度で。全部聞いてもやっぱりつまらなかった。私は礼儀として、ほんの少し笑う。笑わないほうがまだましだ、という笑い。私がそんなふうに適当に笑っても、父は平気なようだ。私は内心、彼に「今日のユーモア」をやめてもらいたいと思っている。

たとえ面白くなくても、彼を愛する理由は山ほどある。私と一緒にタバコを吸うから。一年中、私のノーブラを支持してくれるから。なにより、毎日地道に暮らす人だから。彼は休日も早めに起きて、タバコを吸いながら排便して、シャワーを浴びる。そして、黒くて量の多い髪の毛をすっきりかき上げたあと、一時間以上ベースの練習をする。アマチュアの社会人バンドでベースを担当しているのだ。父がズンズンしていても、母はたっぷり寝坊する。父に芸術的才能があるのかはわからないけれど、彼は何かを毎日コツコツやれる人だ。むしろ芸術的才能は母のほうにある。でも、彼女が何かを毎日コツコツ練習することはめったにない。

太陽が真上にくる頃、練習を終えた父は「宝くじを買いに行こうかな〜」と席を立つ。

毎週五千ウォンずつロトを買い続けてきてもう十年が経った。彼にとって希望とは何なのか、私にはわからない。父は玄関を出るとき、外に捨てることになっている資源ゴミを二袋持っていく。私が知っている希望は、そこにある。資源ゴミをきちんと分類して、時を見計らって捨てる姿に。父が玄関のドアを閉める音で母が目を覚ます。彼女はようやく起きてきて、手際よく朝食を用意する。これが、週末の昼に繰り返される光景である。

今朝、母が父に将来の希望を尋ねると、父が問い返した。

「それを悩むのはもう遅いんじゃない？」

母は、何歳だろうと将来の希望を聞いたっていいんだから考えてみて、と言った。父は考えてから、ビルの管理人になりたい、と答えた。正確には、娘の住んでいる建物の管理人になりたがっているらしい。

父には娘はいるが、建物はない。五十代前半の彼には、働かなければならない日がまだたくさん残っている。ウンイの健闘を祈りながら、私はただ、自分の家賃を必死に稼ぐ。

ボキ

2018.03.07 Wed.

しばらくのあいだ、母のボキのことを書けなかった。私がこれまで書いてきたボキに関する文章は、どれもいまいちだと思ったからだ。彼女についてはとりわけ最上級の表現を乱発してしまった。私が世界で最も愛している人だからかもしれない。以前からずっとボキのことを文章にして、マンガにも描いてきたけれど、できることならそのデータすべてを永久に削除したい。今度はもっと上手くやってみせると言いたい。絶対に失敗すると思うけど、それでもまた書いてみる。

ボキは一九六七年の秋、忠清南道（チュンチョンナムド）の公州（コンジュ）で生まれた。ウンイがソウルの明倫洞で生まれた年でもある。二人とも最初の子なのに、ボキの両親とウンイの両親は似ていなかった。異なる両親のもとで、二人はまったく違う人間に育つ。両親だけでなく、彼らを育てた風景も異なったはずだ。ウンイを育てた都市と、ボキを育てた農村とでは、道も建物も匂いも本業も内職も隣近所も家もおやつも異なるだろう。

ボキの幼年期の正確な所在は、忠清南道公州市利仁面龍城里（イインミョンヨンソンリ）の村。彼女は朝鮮松の多い町で貧しい男と女の長女に生まれ、育っていった。生まれてみたら貧しさがデフォルトだったから、ボキはそのことで傷ついたりはしなかった。村の人々はみんなボキを知っていた。ボキを呼ぶ声は毎日どこからでも聞こえてきた。忠清道訛りの強い村の大人たちには、「キ」という発音が難しかった。

「ボックイ〜」

ボキの名前は、きまってこう聞こえた。自分の名前をどう発音されようとも、ボキはやさしく返事をして、先に大人たちに問いかけた。

「は〜い、こんにちは。市場に行くんですか？　今日は日曜ですか、土曜でしたっけ？」

幼いボキの顔は、パンパンに熟した柿みたいだった。

村には朝鮮松のほかに柿の木も多く、ボキは甘柿と熟柿をいっぱい食べて育った。彼女は小学生のときに本格的に台所仕事を始めた。かまどの焚き口に木をくべて麦飯を炊き、火が消えると、炭の上に残った熱気に土鍋をのせて鍋料理を作った。どんなに貧しい家にも、庭には必ず発酵調味料を保存する甕（かめ）があった。韓国味噌（テンジャン）、唐辛子味噌（コチュジャン）、醤油（カンジャン）、甜醤（チョムジャン）など。ボキの家にも母親と祖母が漬けたものがあった。キムチや干し菜、切り干し大根、乾燥ナムルも常備されていた。煮たり焼いたりして食べる際にごま油を入れても、そんなに香ばしくはならなかった。貴重だから、一、二滴しか垂らせなかったのだ。それでも、ごま油を少し入れるだけで料理がぐっとおいしくなった。ボキは毎日食事の用意をして、弟三人をなんとか食べさせた。

それから四十年経った今でも、ボキは多くの人たちに食事を作っている。ボキが得意なことはたくさんあるが、特に料理の腕前は燦然と輝き、卓越している。ボキの四柱推命にはまな板と包丁が出ていると、ある占い師は言っていた。ボキはテレビに田舎や山や野原や老人が出てくると、どんな番組でもチャンネルは変えなかった。葺き屋根の家やかまど、醤油や味噌を貯えた甕が並んでいるような画面になると、番組が終わるまで見ていた。

ボキが国民学校の生徒だったとき、彼女を特にかわいがったのは国語の先生たちだった。だからボキはよく詩の朗読をした。ボキは散文よりも韻文のほうが好きで、たくさんの人を前にしても韻文のリズムをしっかり活かして読みあげられた。彼女は小さな町の小さな学校で大いに期待されながら、中学生時代を過ごした。七〇年代のことだ。

そうして八〇年代のはじめ、ボキたち家族はいくつかの複雑な事情に押され、逃げるようにしてソウルに引っ越した。ボキはソウルの高校に進学し、都会の大きな学校と、ものすごい人混みの中で、道に迷ったような心情だった。ソウルには、ボキより何でも上手くできる人がとにかくたくさんいた。彼女は自分を小さくて曖昧でつまらない存在だと感じながら、忠清道の言葉遣いをソウルの言葉遣いに改めた。ソウルに来てみると、貧乏はみんなのデフォルトなんかじゃなかった。自分の家は他の家に比べて、かなり貧しいのだと実感した。その頃、ボキはとても美しくなっていった。と同時に、いつになく意気消沈していった。

十九歳のときボキが目指していたのは国語教師で、関連する学科に行けるほど成績も良かった。大学の合格通知書がボキの家に届いた。それなのに、授業料を払うお金が彼女の家には一銭もなかった。

幸運はひとつもやって来ないまま、授業料の納付期限が過ぎ、ボキは大学生になれなかった。その日、彼女は焼酎三本を持って屋根裏部屋に上がり、ドアに鍵をかけてしまった。三日後に屋根裏から出てくると、真鍮の器に大盛りのビビンバを混ぜ合わせて食べてから、就職活動を始めた。

一方ウンイは、詩を書いてソウル芸術専門学校（今のソウル芸術大学）の文芸創作科に入学し、トンボ眼鏡をかけて、ひきこもり大学生活を始めた。ボキとウンイ。まだお互いを知らない二人が、初めて出会う瞬間を想像する。もしも二人が同じ学校の生徒だったらどうだったかな。

もしもボキが大学生だったとして、キャンパスを歩く彼女のそばをウンイが通り過ぎたら。そうしたら彼は、高い確率で彼女を振り返るに違いない。ウンイだけでなく、誰もが彼女を見れば振り返らずにはいられなかったはずだ。彼女は小柄でぽっちゃりしていて弾力があり、何度でも会いたくなるような人だった。ボキの姿を印刷してラミネート加工し、本のしおりにしてもおかしくないほど、ボキは美しかった。

おそらくボキはウンイを振り返ったりしなかっただろう。小柄で痩せ型のウンイは、隅っこで本を読み、タバコを吸い、マッチ箱を集めるような学生だった。彼は憂鬱感と友達だった。早い時期からひそやかに、「女性の美」というものも実感していた。大学では、つまらない男の失敗談を書いた。

ボキが文学を専攻していたら、どんな文章を書いただろうか。それを無性に知りたくなるときがある。

実際に二人が初めて出会ったのは、一九八六年の春。高校を卒業して、ちょうど二十歳になった年だ。ウンイとボキは踏十里の自動車部品商店街で出会った。ウンイは大学生をしながら黒龍商会で働き、ボキはその隣の振揚商会の経理だった。そこで彼女は「ミス・チャン」と呼ばれていた。店がびっしりと立ち並んだ大きな商店街に、女性労働者は稀だった。そこはタバコを耳の後ろに挟んだ男たちの仕事場で、ウンイも例外なくそのうちの一人だった。

ある春の日、黒龍商会にいたウンイは、店の外を悠々と歩くボキを見かける。ウンイの目には、ツーピースを着たボキがとてもきれいで慎ましく、セクシーに映った。当時のボキの姿は、村に住んでいた頃とは違っていたけれど、笑ったときの目の感じと、ぱんっと張りのある頬は変わらなかった。その美しさをウンイだけが独り占めできるはずもなく、商店街の男たちは用事もないのに振揚商会にやたらと出入りした。振揚商会のキム社長は、ボキに求愛の視線を送る男たちを何人も追い出すはめになった。彼は自分の経理スタッフを大事にしていた。勤勉でしっかり者だったから。

私は、ウンイがボキを選んだ理由を知りたいと思ったことはない。知りたいのは、ボキがなぜウンイを選んだのかだ。彼女は一体どうして、痩せっぽちのウンイを愛するようになったのか！　二人の歴史について書くとき、私はいつもこの疑問から出発する。

大言壮語

2018.03.09 Fri.

「上手くやれる」という言葉を何度も言い放って生きてきた。

囲碁を打つ前に。フラフープ大会の前に。やり方も知らないのに薄切り肉を茹でるとき。原稿の依頼を受けるとき。ウェブトゥーン[*7]の契約書にサインするとき。家主に掃除の実力と生活力をアピールするとき。友達と何か計画を立てるとき。水中で長い時間息を止めるとき。

実際に自信があるかどうかは関係なかった。大言壮語を吐きながら相手を説得するのと同時に、自分自身をも説得するのだ。私は上手くできます。大丈夫、上手くやれる。まるで呪文を唱えるかのように口にしてみると、本当に上手くいくような気がした。

当然、「上手くやれる」と言っておきながらできなかったことは数えきれないほどたくさんある。あまりにも多くて、ほとんど忘れてしまったくらいだ。

十代の頃、片思いの相手に告白するときも同じようにした。私はきみのことがとても好きで、私たちが付き合ったらすごく良いに決まっている、と断言した。きみにも私にも本当に良いはずだから、と説得した。十九歳まではほぼ片思いだったから、そんなことばかり言っていた。気まずく断られたこともたくさんあったけれど、ボキの腕の中で泣けば吹っ切れた。

ボキが若い頃ウンイに別れようと言ったとき、彼が彼女を説得した方法も同じだった。

「俺とずっと一緒にいれば、絶対に面白いはずだ」

それを聞いてボキは首をかしげた。

「何の自信？」

気になった彼女は、もう少しウンイと会ってみることにした。面白いのは良いことだから。けれど、断言したほどウンイは面白くなかった。「面白い」って一体何だろう。青年ウンイは中年ウンイより笑えたのだろうか。どういう心積もりで面白さを約束できたのだろう。私はウンイをとてつもなく勇敢だと思った。だけど考えてみると、私がまさにそんな人間だった。弟も似ているのを見ると、この気質はウンイから受け継いだ「問題ありの遺伝子」だった。

　ボキは大言壮語なことはあまり言わなかった。逆に私が、ボキにたくさん大言壮語を吐いた。独立するとき。ヌードモデルを始めるとき。一人で外国に行くとき。ちょっと危うい顔合わせに行くとき。ボキが心配そうな顔で見つめてくると、私は言った。

「お母さん。これは絶対に私のためになるってわかるの」

「何でわかるの？　どうしてわかるの？」と、ボキは聞き返してきた。

　私は少しも怯（ひる）むことなく答えた。

「もし間違えたとしても、未来の私がちゃんと耐えるよ。未来のスラがなんとかするから心配しないで」

＊7―インターネット上で連載するマンガ。「ウェブ」と「カートゥーン」を合わせた造語

私はいつも未スラを信じていた。

それなのに、だいたい未スラは思ったより無力だった。

未スラが現スラに近づいた日、つまり大言壮語が失敗に終わって傷ついた日は、私は必ずボキのところに行って泣いた。ボキは、「そうだろうと思った。私がなんて言った？」とは一度も言わなかった。ただ私を抱きしめて、温かいお茶を淹れてくれた。彼女を「情緒のベースキャンプ」にしているかぎり、もう少しだけ失敗しても大丈夫そうだと思った。

でもやっぱり失敗は心が痛いから、リスクはできるだけ回避したかったりもする。二十歳になってからは、私が好きになる人よりも、私を好きになる人のほうが多くなっていった。それで、私のことを好きな人の中から、いちばん良いと思う人を選んで付き合った。しばらくは、大言壮語を吐いたり説得したりすることはなかった。他人の強気な断言と説得に耳を傾けるふりをして、取り澄ましていた。

それなのに、私は二十七歳のある日、ある人をすごく好きになってしまった。その人も私を好きなのかは知るよしもなかった。好きだったとしても、私のように「すごく」というわけではなさそうだった。久しぶりに片思い気分を味わった。

鼻をへし折られたような気持ちで本屋に行った。片思いというのは、じっとしていると自分の悲痛な愛の物語に埋もれてしまうから、とにかくすぐに、世の中の別の物語を読んで心のバランスを取り戻す必要があった。自らの心をコントロールしようとする自分の知恵に何度も感嘆しながら、慎重に本を選んだ。

買ったばかりの本を一冊持って、売り場の隅にあった椅子に座った。好きな小説家の新作だった。勇んで読み始める。

一ページもろくに読めなかった。

五分もしないうちに本を閉じた。

最悪だった。

椅子に座ったまま本を閉じて目をつぶり、うじうじ悩んでみた。あの人に会いたくて、すぐに会いに行って何か言いたい気持ちを我慢して、全身がうずいた。片思いをしている人は、時間の流れ方がおかしくなる。信じられないほど遅いか速い。

まともな読書生活のためにも、私はこの恋を必ず成功させたかった。

その人に会ってコーヒーを飲んだ日に、私の気持ちを話すことにした。「好き」という言葉を、できるだけ特徴のない口調で伝えたかった。くどい言い方をしてしまうと気まずくなりそうだったから。けれど、どんな言い方ならくどくならないのかは、まるでわからなかった。

ただ仕方なく、「す……好き……」と言おうとした矢先、考えてみたら誰かに「好き」

と伝えるのは五年ぶりだということに気がついた。この五年間、たった一人の人と恋愛してきた。それなのに、少なくとも四回以上は恋愛をしてきたような感じだった。一人の人とのあいだでも、毎回違った愛のかたちがあると、私はその恋愛から初めて学んだ。でもそれは、あくまでもこちらの事情であって、誰かを五年間愛そうと五日間だけ愛そうと、その人の前では何もかもが初めてなのだった。

私が好きなのは知っているか聞いてみた。それ以外、何も言葉が思いつかなかった。「知らない」とその人は言った。私は「好きです」と、力を込めて伝えた。するとその人は、見苦しいくらいに驚いたような表情になって、両手で顔を覆った。そしてすぐに、「自分も好きだ」と答えた。私は心の中で「うわっ」と叫んだ。その状況があまりにも照れくさくて死にたくなったし、生きたいとも思った。

お互いに好きだと言い合った二十代後半の二人は、このあと何をすればいいのだろう。周りには滑って転ぶのにぴったりの氷の小川もなく、凍ったところに行く適当な口実も見つからなかった。私たちは同じ水泳教室に通っているわけでもなかったから、私が素早く水をかき分けて楽々と泳ぐのを見せることもできなかった。そのうち、夕飯の時間になった。私たちは市場で、豚の腸詰と練り物とコロッケを買ってから私の家に行った。けれど、腸詰も練り物もコロッケも、まったく味がわからなかった。私たちは恋愛することになるのだろうか、と気になったり、そうなればどんなに素敵だろうか、と想像したりして、私は心ここにあらずの状態だった。それなのに、その人がどう思っているのかわからないまま、あっという間に帰る時間がやって来た。その人がコートとバッグを持って立ち上がると、私は焦った。

私の家から出ていってしまう前に、何でもいいから言葉で説得したかった。どんなことでも思いつくままに言った。

「私の愛できみの人生はもっと豊かになるよ！」

するとその人は、よくわからない、と言いたそうな顔になった。

内心ではすごく図々しいと思っていた、と後日聞かされた。

そうとは知らずに力んで言葉を重ねた。

「本当だよ……」

その人は「わかった」と言って笑みを浮かべながら、私の家から出ていった。笑うときと笑わないときとで、表情の差が大きい人だった。だから、笑うのを見るとうれしくて死にそうになった。

玄関のドアが閉まる。

ドアの内側で私はもう一度つぶやいた。「本当なんだから……」

その人の足音が遠のいていくと、一編の詩が頭に浮かんだ。詩人のジン・ウンヨンが書いたものだ。その詩の数行をはっきりと覚えていた。

もしもきみが私の恋人なら
きみはすごく良いだろうね
〔…〕
きみが私の恋人ならどんなにか！
きみは良いはずなんだ

いつかその人に、この詩を静かに読んであげられる未来が来るようにと願った。他人の言葉を借りた私の大言壮語を聞いて、おそらくその人は笑うはずだし、私はまっすぐに尋ねるだろう。本当に良いと思わないかって。私が恋人で、きみはどれだけ良いと思っているのかって。

だけど信じることはできそうになかった。私が私であることが嫌になる日が数えきれないほどあったから。

ハッピーアワー　2018.03.28 Wed.

今までにあげたプレゼントの中でいちばん高かったのは、三十万ウォンのホテル宿泊券だよ。お金の良いところは、時間と空間をプレゼントできることだよね。その日はきみの二十数回目の誕生日で、当時の私の月給の、半分のそのまた半分にあたる一泊分の宿泊料を決済した。高級ホテルに行くのも初めてだし、奮発したのもあって、何週間も前からわくわくしてた。知っての通り、私はどんな初体験にもお金を惜しまないタイプだからさ。

それなのに、ホテルに行く前日に全羅南道（チョルラナムド）の麗水に行って仕事をしていたら、すごく体調が悪くなり始めた。意識が混濁するなかで一日中文章教室の授業をして、どうにかやり終えてから、近場の宿泊施設の中でいちばん安いゲストハウスに行って眠りについた。予算はすでにホテルに使ってしまっていて、財布の中身が寂しかったんだよ。

寒いゲストハウスでぶるぶる震えながら夜を過ごして、きみの誕生日の朝を迎えた。気力を回復するためにゲストハウスの前の銭湯に行って体を洗っていると、めまいがしてタイルの床に倒れちゃってさ。銭湯のおばあさんたちが、早く病院に行きなさいってタクシーを呼んでくれた。日曜日の昼間だったのに、麗水全南病院の救急外来はかなり混んでたよ。B型インフルエンザが流行ってた時期だった。意識が朦朧としたまま診察室のベッドに横になって検査を受けると、やっぱり私もB型インフルエンザだった。風邪よりもインフルエンザのほうがずっときついなんて知らなかったよ。

薬を処方してもらってベッドから起き上がると、急いで仁川空港へ向かった。予約しておいたホテルがその近くだったから。きみは私がどんなプランを準備していたのか知らずに、紺色のコートを着て空港で待ってたけど、ひどく憔悴した様子の私を見て、表情をさっとこわばらせた。少し怒ったようにも見えた。私が無理するのは嫌だったんだよね。誕生日だろうと何だろうと、早く横になって休んでほしいと思ったんでしょう。

計画通りにホテルに行きたくて、私の体が実際どれほど元気なのか一生懸命アピールしたけどきみは信じてくれなくて、このまま家に帰って薬を飲んで寝ようって言った。私が泣きそうになりながら説得すると、きみはしぶしぶホテルへ向かった。私の大きなバックパックを代わりに持ってくれたよね。

そうして私たちはホテルにチェックインした。無理してまでホテルにこだわったのは、ホテルをよく知らなかったからだろうね。何度も行ったことのあるよく知った場所なら、そんなにまで努力しないだろうから。

モーテルと違って、汚れも臭いもまったくない清潔な部屋に荷物を置いて、私たちはホテルの最上階へ上がった。そこには「16時から18時までチーズとワインを無限にお楽しみいただけます」って書いてあったの。ホテルではそれを「ハッピーアワー」って言ってた。客の混まない時間帯に、飲み物と軽食を提供するサービスなんだって。

食事の場所を選ぶとき、きみはいつも「無限」という言葉に弱かったよね。無限おかわりサムギョプサル、無限おかわり牛ギアラ、焼酎無限提供、なんてフレーズに簡単に惑わされてさ。きみはそんなフレーズが、確かな利益を約束してくれると思ってるみたいだった。

逆に私は、「無限」という言葉がついていると無条件に疑うタイプ。食材のクオリティの低さをその言葉で隠しているように見えるんだよ。自分がどれだけ食べたいのか、その量をちゃんと把握できない人たちを巧みに陥れる策略のように思えちゃって。そのうえ、そんなレストランに時間制限があるともっと居心地が悪くなる。食べることに関しては「たくさん」も嫌だし、「早く」も嫌だから。

でも、ホテルが提供していた無制限のチーズとワインには私たち二人ともテンションが上がったよね。レストランに設置されたビュッフェテーブルの上には、見たことのない種類のチーズがたくさん並んでた。自由に注いで飲めるワインも、十本以上は置いてあった。私たちは浮かれてお皿いっぱいにチーズをのせて、グラスにワインを注いだよね。「乾杯」

とグラスを合わせて、ちびちびワインを飲んだ。チーズもちょっとずつ食べた。

五切れくらい食べてから、私が言った。

「くどくてもう食べられない」

それで、きみがちょっと笑ったよね。

静かに笑っていても、やっぱりきみもくどいって感じてるのがわかった。

無理して全部食べなくてもいいと、私が何度も言ってるのに、きみは自分の前にある食べ物は残さない人だから、全部食べようとしてた。チーズを食べすぎるとあとでおならが止まらなくなるし、ものすごく臭いだろうねって、私は脅した。にもかかわらず、結局きみは全部食べた。私は気になった。きみはチーズ臭いおならをするかな？それまできみは私の前でおならをしたことはなかった。それは今でもそうだけど。きみがそういう人だってことが、いまだに不思議。おならをしなかったからといって完全無欠な人というわけではないけど、とにかく五年間徹底的におならを管理したことだけはすごい。

私たちは高いビルの屋上レストランで、もさもさしたチーズを黙々と食べたよね。二人で語り合える話題の中の、たった二、三段階程度のことを話しながら、お互いの顔を見て、チーズを見て、ワイングラスを見て、窓の外を眺めた。ホテルの外には広い飛行場があった。思ったより近い距離で飛行機が離陸して、着陸してたよね。その光景はとても広大で並外れていたけど、お世辞にも美しいとは言えなかった。それで、ただワインをまた何口か飲んで。

私たちのあいだに静寂が流れたとき、それからまた二人とも窓の外を眺めたとき、急にきみが私のほうに顔を向けて言った。

「おれら何やってんだろ」

それがどういう意味かわかったから、私は同じように真似した。

「そうだね。何やってんだろ」

初めて行った場所で、初めて味わう料理を分け合いながら食べて、初めて見る風景を眺めているとき、私たちは束の間、お互いをいまさらのように感じた。私たちの知らない私たちだったから、ぎこちなかった。そんな二人をちょっとだけ三人称で見てみようって言ったんだよね。滑稽で野暮ったい私たちを見てみようって。こんなふうにお膳立てされた幸せの前で、私たちがどれほど未熟に映るのかを。

旅先で幸せになるのは意外と難しい。先にお金を払ったんだから幸せなはずだ、って思うじゃない。せめてかかった金額くらいは幸せにならないといけない気がして、台無しにしちゃいけないみたいで焦るよね。一度も教わったことがないダンスでも、ちゃんと合わせて一緒にかっこよく踊らないとだめな気がするじゃない。

心の隅に小さな緊張感を抱えて、きみとホテルで一泊した。幸せになるために必死に努力しながら。そんな努力をしているあいだは、私の体は嘘みたいに調子が良かった。また具合が悪くなり始めたのは、チェックアウトしてからだった。どうやって一日中インフルエンザを抑えることできたのかはわからないけど、私はあの日の自分の体に感謝してる。私の体を無視した自分の精神に感謝する、と言ったほうが正確かもしれない。もう三年前の話だよ。すっかり忘れていたその日のことを急に思い出したのは、三年ぶりにまたインフルエンザにかかったから。

そうだそんなことがあったなって、布団の上で横になって冷や汗をかきながら考える。痛みを記憶することにかけては、私の体は私の精神より役に立つみたい。記憶力の悪い頭を少しだけありがたく思うこともある。きちんと記憶から消去しておいたおかげで、繰り返せた愛があるから。お互いがお互いをどう苦しめたのか、金魚のように忘れてはまたやり直した。

きみのすべての喜びとすべての悲しみ、そしてそのあいだにあるあらゆる感情をひとつも逃したくなくて、何年も戦々恐々としていた。別れって、そんな習慣をすっぱり断ち切ることだけど、自分がそれを断ち切るなんて、何カ月かはどうしても信じることができずにいた。どんなことよりも一生懸命にやったことが、私の手から去ってしまったなんて、不思議で悲しかった。

「ハッピーアワー」がいかに難しいことか、インフルエンザにうんうん苦しみながら私は思い出す。

お金がなくて、あるいはお金があっても時間がなくて、あるいはお金も時間もなくて、あるいはお金も時間もあるのに気持ちがなくて、あるいは気持ちはあるにはあってもすれ違って、私たちは幸せを、私たちのもとに引き寄せるのにいつも失敗する。私の心がきみの心と違うから、常に目をそらすから、私たちはお互いを理解できないから、いちばん難しいのはそこだよね。その他にもたくさんの理由で、たやすくアンハッピーアワーを過ごすはめになる。幸せという貴重な瞬間が、どれだけ私たちの手では摑まえにくいものなのか。摑まえたとしても逃げていき、思いがけない瞬間にまた襲ってきては驚かせるということを、私たちは知っているようで知らない。もうずいぶん前から「ハッピー」という言葉にはこだわらなくなったよ。今はただ「アワー」を考える。半端な期待と失望はせずに、時を大らかに迎え入れて、送り出す人になりたいから。一生なれないかもしれないけど。

ひそやかに

2018.04.03 Tue.

「ある人があなたに向かって歩いてくるとき、その人の母親の母親の母親の……そして、父親の父親の父親の……そのはるか昔の遺伝子の歴史までもが、その人の後ろから一緒について来ているんだよ」

いつだったか、私の師匠のオディン先生が話してくれた。

その話を聞いて、あまりの果てしなさに胸がムカムカした。ムカムカしたが、知りたくもなった。私はなぜこういう私になったのか、あなたはなぜそういうあなたになったのか、私たちが先祖代々受け継いできた遺伝子を遡って探索してみれば、少しは答えられそうだ。

最近、私といちばん親しい人の顔立ちは、よくカバみたいに見えた。失礼だけど、便宜上彼を「カバ」と呼ぶことにしよう。カバは先日、忠清南道礼山(イェサン)郡挿橋(サプキョ)村に行ってきた。挿橋に一人で住んでいるおじいさんの九十回目の誕生日だった。

九十回目だなんて。

私は内心、カバと一緒におじいさんの家に行きたいと思った。彼が行く場所ならどこでもついて行きたかったし、九十歳のおじいさんの話を聞きたかったから。顔を見たこともないのに、どうしてだか何かプレゼントしたかったのだ。

でも、おじいさんの誕生日会の参加者はカバとカバの父親の二人だけで、おまけにその父子には距離があって私が入り込むには微妙だったから、ただおとなしく留守番することにした。カバがソウルに戻ってきたら挿橋での話をひそやかに聞かせてくれるだろうと、期待しながら待った。

カバの父親がカバの母親と離婚して家を出たのは、カバがまだとても幼い頃のことだった。離婚後は母親の手で育てられたが、カバが優柔不断になったり気弱になったりするたびに、彼女はうんざりした様子で「父親に似て弱い」と言ったらしい。カバは成長すればするほど声が父親とそっくりになって、母親だけでなく親戚たちも驚いたそうだ。

カバが父親と再会したのは二十歳を過ぎてから。十数年も離れて暮らしていたのでお互いのことをほとんど知らず、他人も同然だった。

カバとカバの父親。二人の男は、今ようやく対話を始めたところだ。ごくたまに会ってご飯を食べ、コーヒーを飲む。それから、誕生日とか名節[*8]には車で一緒におじいさんのい

＊8　旧正月（ソルラル）と秋夕（チュソク）が韓国の二大名節

る郊外に行ったりする。

名節に集まるのは男三人だけなので、彼らが自分でご飯を作って片付ける。おじいさんは九十歳にしては健康的でかくしゃくとしているが、腰が痛くなってきているから台所仕事は主にカバが引き受けた。台所でのカバの姿が、おじいさんの目に頼もしく映る。テーブルを片付けて、男三人は昼寝をする。

それぞれ親しいわけでもない男たちが、挿橋の小さな家で川の字になって昼寝している姿を、私は想像する。

なんだかかわいくて、不穏な感じ。

昼寝をしたあと、祖父とカバは家の前のカフェへ行く。近所の善良な夫婦が営んでいて、小さな暖炉に薪を焚いている、そんなカフェだ。向かい合って座った二人は質問を交わし合う。

祖父の歴史にとても興味があるカバは、いつからか彼にたくさんのことを尋ねるようになった。おじいさんの名前はキム・ドンウォン。ツナ缶メーカーのドンウォンと同じだ、と幼いカバに説明してくれた。カバの祖父ドンウォンは一九二〇年代生まれで、学のある青年だった。ベトナム戦争では通訳をしていて、つい最近まで毎朝、英字新聞を読んでいたという。戦争から帰ると、誰にも告げずに数年間どこかに潜伏していた。そのせいか、カバのお父さんとおじいさんは親密ではない。カバとカバのお父さんが親密でないように。

一方、ドンウォンの妻、つまりカバのおばあさんは現在、挿橋の近くにある高齢者施設にいる。彼女は認知症を患っている。いま認識できる顔は、おじいさんとカバの二人だけだ。カバが高齢者施設へ行くと、おばあさんは必ずこう尋ねる。

「音楽はいつ聞かせてくれるのかね?」

でも、カバは音楽をやったことがない。幼いときから漫画オタクだった。彼は親切にも毎回訂正する。

「音楽じゃなくて、絵を描くんだよ。おばあちゃん」

「そうなの?」

「うん」

そんな会話をして、カバはおばあさんの手を握ってから帰ってきた。

次はただ歌を歌ってあげればいいのに、と私は思った。カバは歌が上手いから。カバはいつだったか一度、私の横を歩きながら口笛を吹いたことがあった。カバの口笛の実力はかなりのもので、彼の歌と同じくらい正確に聞こえる。その日、彼が口笛で吹いたメロディーはどこか聞き覚えのある、せつない歌だった。今の、なんて歌だったっけ? と思って考えてみたら、それはキム・ボムスの「会いたい」だった。あの歌を真剣に口笛で吹くなんて……とても軽薄だと感じた。

けれど、韓国のバラードが持つ演歌っぽい雰囲気に簡単に酔ってしまった私たちは、その足でワンコインカラオケに行った。私はカバに「会いたい」を歌ってとリクエストした。彼は毎日のようにユーチューブで、フランスやベルギーといったヨーロッパの優雅なミュージックビデオを見せてくれていたので、キム・ボムスは意外すぎる選曲だった。

あとになって知ったことだけど、カバは「会いたい」をよく歌った（♪こんなことじゃだめーだけどー　死ぬほどー会いーたーいー）。彼も私も九〇年代はじめに韓国で生まれ、世紀末と新世紀初頭のバラードを聴いて育ってきた。誰か一人は必ず死ななきゃ完成しない、あの時代のせつないバラード。名前を聞いただけでなんだか波乱の予感がする、POSITION、The Cross、M.C the MAX、BUZZ、Nemesisといったアーティストの歌をメドレーにして、抑揚をつけて歌いながら笑った。

カバのおじいさんの好きな曲は何だろう。聞いてみたい。

もう一度、挿橋のとあるカフェで向かい合って座る、二〇年代生まれと九〇年代生まれの二人の男のことを考える。そこに行ってきた日は、カバが私にひそやかに話を聞かせてくれるから。

おじいさんはカバに言う。

「私の孫だからそう思うのかもしれんが、おまえは本当にハンサムだ」

カバは「ハンサム」という褒め言葉に困惑する。その言葉が間違っていると思うからだ。

「子供を持つつもりはあるのか」とおじいさんは尋ねる。

「今はない」カバが答える。

「なんでないのか」おじいさんが返す。

今の時代、なぜ子供を持つより持たないほうがいいと思うのか、何に自信が持てないのか、カバが答えて、おじいさんが聞く。

話しながらカバは、九十歳の男性と討論に近いことができている事実に驚く。カバの話に最後まで耳を傾けていたおじいさんは「なるほど」と応じた。それからはゆっくり、いろんな話をした。

それでも、生きることはとても寂しいことらしい。

「今日みたいにおまえが来てくれたときはいいけど、おまえが去って家にまた私ひとりになると、言い表せないほど寂しい」

カバは言葉が出なかったようだ。

私はカバの隣で横になって、彼の未来を考えてみる。老人になったカバの姿を一生懸命想像してみようとしても、うまく思い描けない。カバもやっぱり、生きることはとても寂しいことだといつか言うのだろうか。「言い表せないほどの寂しさ」という言葉を、本当に理解できるようになるのだろうか。

それはわからない。私が推測できるのは、カバは未来でも大きな声で騒いだりしないだろうし、薄毛に悩むこともなさそうだ、ということくらいだ。どれくらい先の未来までカバと私が仲良く一緒にいるかもわからない。何年間かは特別な関係でいられるかもしれないけれど、もしかしたら今日ひどい喧嘩をして、明日から会わなくなるかもしれない。

それでも私は、カバとカバを取り巻く世界の話を聞くのが好きだ。彼と遊んでいると、この世界が前とは少し違うやり方で理解できたりする。カバの目と耳を借りて見たり聞いたりしているあいだは、寂しさや虚しさを感じている暇がない。だから、できることなら長い時間仲良くしていこうって、お互いの話をひそやかに語り合っていこうって、言いたい。今日はそんな気持ちだ。

服と舞台

2018.04.06 Fri.

一九九九年、新星(セッピョル)幼稚園のお遊戯会で、私は「オズの魔法使い」の歌に合わせて踊った。

ピタッとした黄色のトップスを着て、白いチュチュスカートの下にタイツをはき、頭には黄緑色の三角帽子をかぶっていた。初めて塗った赤い口紅の、その不慣れな味が気持ち悪くて、唇をぎこちなく上下に開けていたのを思い出す。それにしても「お遊戯」って言葉はちょっと滑稽だ。お遊戯だなんて……。

とにかく、その行事で踊るために私は四人の女の子たちと一緒に舞台に上がった。私の祖母、祖父、母、父、弟、叔母、叔父、従兄を含めた何十人もの人々が観客席にいた。私は大勢の人に見つめられているだけで、体をくねくねよじらせてうなだれた。注目されるのがとても苦手だったのだ。耐えられる関心は、母親からの愛くらいだった。幼稚園で何か発表するときはとてもつらかった。マイクを渡されるくらいなら、いっそ死んだほうがましだと思うこともあった。即興性という資質が私には欠けていたようだ。お遊戯会の踊りは、数週間前から何度も振り付けを練習していたから緊張したりはしなかった。衣装のおかげでなんとか踊ることができた。服と帽子と化粧の後ろに隠れている感じだった。一種の仮装でもあったから。

舞台に上がると、聴き慣れた伴奏と歌が流れた。(♪カンザスのはずれ田舎の家~　ある日ぐっすり寝ていると~)みんなと一緒に覚えた振り付けで踊った。客席で笑っている家族の顔が目に入った、そのとき、もみあげのあたりでパチンと何かが切れる音がした。

（♪こわい竜巻に乗って〜）黄緑色の三角帽子が、私の足元にポトッと落ちる。顔に固定されていた帽子のゴムひもが切れてしまったのだ。（♪果てしない冒険がはじまった〜）私のおでことつむじと頭全体が丸見えになり、その瞬間、すべての思考が停止した。急にはげ頭になったような気分だった。

私は、カチコチに固まったまま立ちすくんだ。音楽は流れ続け、横にいた女の子たちも踊り続けていたのに、私は手も足も出ない柱みたいに、つっ立っていた。隣でおひさま組の先生が叫んだ。

「スラ！　そのまま！　そのまま続けて！」

客席から家族が心配そうに私を見ている。中途半端なポーズをとった彫像みたいに、私はただ固まった。

1コーラスが過ぎ、2コーラスが過ぎて歌が全部終わるまで、それからみんなが拍手をするまで、同じポーズで舞台に立っていた。子供たちが退場するときになって、どうにか足を動かして舞台から降りた。

私はかなり長いあいだ、そのことを思い出すたびに隠れてしまいたくなった。帽子ひとつ落ちたくらいで、すべての動作を止めて静止しなくてもいい、と先生は教えてくれたが、帽子が落ちるなんてことは私の世界では起きてはならない惨事だった。

私は小・中・高校で大小の舞台を経験し、ようやく臨機応変というものを身につけた。お遊戯会のときに動けなくなったのは、私の失敗を世界中に見られたような気がしたからだった。ところが成長するにつれ、重要なことがわかってきた。それは、世界は私にそれほど関心がない、ということだ。私に関心がある人間や動物、場所などは、実はとても少なかった。それは世界のごく一部であり、むしろ寂しいくらいだった。

そのお遊戯会の舞台から十五年後、私はヌードモデルとしてデビューする。

第一の理由は、時間が惜しかったからだ。職種の選択肢が少ない二十歳にとって、時間に対して最も高い報酬を得られる職業だから。第二の理由は、自分の体に勇気を与えたかったから。体型や体重に制限はなく、約束の時間をしっかり守りさえすれば、誰でもヌードモデルとして働けた。何枚も描かれていたら、自分の体を憎んできた長い歴史と無事にお別れができるかもしれない、と思った。ヌードモデルになるのは簡単だ。韓国ヌードモデル協会に行って面接を受け、合格したら短い研修を受ける。そして、クロッキー舞台のデビューの日より、ヌードモデル生活が始まる。

二〇一一年から二〇一四年までの三年間、モデルとして協会に所属して仕事をした。全国を飛び回りながら、アトリエや美術学校、ゲーム会社やカルチャーセンターで服を脱ぎ、多くの人に描かれた。その頃からずっと、スリージョブ体制で人生が転がっていった。二十代前半は、大学に通いながら雑誌社の新人ライターと、文章教室のアシスタント講師と、ヌードモデルの仕事をし、二十代半ばからは、文筆家とマンガ家、そして文章教室の講師をした。まず思い出されるのは、服を脱いでモデル台に上がっていた時間よりも、バスや電車、タクシーや高速バス、長距離列車に乗って通勤した時間だ。ヌードモデルを必要とする場所は全国各地にあり、協会では仕事をランダムに振り分けるため、ソウル首都圏だけではなく地方に行くことも多かった。

モデル用ガウンとタイマーをバッグに入れてターミナルからバスに乗ると、景色はだんだん疎らになって窓の外を通り過ぎていった。座席に深くもたれて、仕事をするときに流す音楽を選んだりもした。約束の場所に一時間早く到着して、モデル台のセッティングを確認し、充分にストレッチしてからタバコを吸う。この職業は、約束した時間を徹底的に守ることがなによりも重要だった。どんな仕事だってそうだけれど。

アトリエと予備校では、主にクロッキーのモデルをした。描くペースが早いので、一分、三分、五分おきにポーズを変える。立ちポーズと座りポーズ、横になったポーズを順番にとっては静止していた。油絵のモデルをする場合、同じポーズで四時間じっとしていなければならない。三十分ごとに五分間の休憩があったけど、それでも体の中心にはずっと力が入ったままだった。絵のモデルになることで、私の体には新たな筋肉がついた。

口を閉じてじっとしているのは、思ったより性に合っていた。私に向けられた微細な視線と、重たい空気に包まれている時間だった。そのあいだは、「言葉による言語」というものを忘れてしまったみたいだった。私が勉強してきた文章と単語が遠くにかすんで、帰り道でまた鮮やかに戻ってきた。

彫塑のモデルをする日には、私の全身に石膏を塗って型を取った。作業する人が四、五人、私にへばりついて隅々まで石膏布を貼る。冷たくて柔らかい石膏布が熱くカチカチに固まっていくあいだ、自分の髪の毛をしっかりと結んで、横向きかうつぶせの姿勢でじっとしていた。そうして作られた私の裸の彫像が、仁川のどこかの公園に立っているらしいけれど、行ったことがないから実物は見ていない。

大きなゲーム会社のキャラクターデザイン部署でヌードモデルをする日もあった。そこのモデル台には、銃や剣、弓や槍など、様々な小道具が置かれていた。そういった小物をどう扱えばいいのかわからなくて、はじめは戸惑った。大人になって以降は、戦闘的だったり躍動的な動きをしたことがなかったからだ。何度もモデル台に上がっているうちに、小道具も徐々に手に馴染んでいった。私の体では扱いきれない、ロングソードや長銃といった武器は、無理に手に取らなくていいこともわかった。

一度は「芸術の殿堂」[*9]で、あるオペラ公演にモデルとして出演したこともあった。イタリアの監督が総合演出した大がかりな舞台で、私はそこでネイティブアメリカンに扮して歩き回ったり、走り回ったりする端役だった。台詞はなく身振りだけで、かつらをかぶって濃い化粧をしたけれど、体には一糸もまとっていなかった。芸術の殿堂は、私がそれまでに上がった舞台の中で最も大きくて壮大だった。舞台もすごかったが、関係者でなければ入れない、控室や楽屋、隠し通路と地下階段、喫煙室の構造がなにより興味深かった。とても広くて複雑で、休憩のたびに散策しても毎回新しい空間を発見できた。

監督のイタリア男が暇さえあれば私の頬にキスしたり、腰やお尻を触ったりしてきたので、私は安らぎを求めて素早く舞台裏に隠れた。そんな大きな舞台に上がるのに少しも緊張しなかった理由は、台詞がなかったから。それと、裸だったから。見ず知らずの外国人俳優たちのあいだを裸で歩くのは、気楽で楽しかった。何も身に着けていない姿が、かえって扮装みたいで作り事のようだった。十五年前のお遊戯会のときは、帽子のゴムひもが切れただけで氷みたいに固まっていたのに。その間、私の体に何が起こったのだろう。

モデルの仕事を辞めてからしばらく経ったある日、私はボキの家でマンガの締め切りに追われていた。居間でテレビを見ていたボキが叫んだ。

「スラ、あんたテレビに出てるよ！」

嘘でしょ、と思いながら居間に行ってみた。

本当だった。

画面の中で、何も着ていない真っ裸の私が、踊って歩いて走っていた。ネイティブアメリカン風の化粧にかつらをかぶった姿で、いかにも年季が入っていそうな階段を上り下りして、木製のテーブルの上に腰掛ける、といったパフォーマンスをしていた。芸術関連チャンネルの録画放送で、三年前の芸術の殿堂でのオペラ劇だった。

真っ裸でテレビの中を闊歩する過スラ（過去のイ・スラ）。

「あの頃は、すごくお尻が大きかったね」とボキが言った。

「今も負けてないよ」と現スラの私が言う。

「でも、あの頃はもっと豊満だったよ」

「それはそうかもね」

「変な感じ」

「うん。変な感じだね……」

もっと変に感じたのは、私の局部がモザイク処理されていたことだった。活発に動き回

＊9―ソウルの江南エリアにある大型文化施設

る役だったから、モザイクも律儀に私と一緒に歩き回っていたけれど、そうやって必死に隠すせいで、なんだかさらにいかがわしく見えた。もっとも、毎日見てきた自分の体だから、これといって興味は湧かなかった。ボキは洗濯物をたたみ始め、私は作業中のマンガをすべて仕上げた。

私のマンガの原稿には、いつものように私に似た子が登場して、話をして、聞いて、書いていた。私がいちばん上手に描けるのは私自身だった。自分以外はいっさい描けない、ということでもある。

他人を書き、描くのは、いつも難しかった。私は自分のことしか知らなくて、他人のことはわからないから。他人について書こうとすると、いつも失敗に終わった。別の人間になったつもりで書いた台詞と文章は、きまって中途半端だった。中途半端にならないためには、慎重で、勤勉でなければならなかったが、私は他人を書くことにおいては気が短くて怠慢だった。私が自分のことしか知らない人間だということが読者にばれて、恥をかいた。毎回の文章でぼろが出るなんて、書くことをとてつもなく恐ろしく感じた。

恐ろしいから、とにかく自分について書いた。でもやっぱりそれも難しかった。正直、私も自分自身のことをよく知らなかったのだ。私という人間の構成は、家族、社会、政治、国家、環境、科学、時代の文脈の中で解釈される。世の中における自分の座標を知るためには、まずは世の中を理解する必要があり、それは一生かけて勉強していくことでもある。その世の中に対するわずかな理解をベースにして自分の話を書いたのが、私の文章の出発点だった。

自分を題材に書こうとすると自動的にあくびが出るようになって、それでやっと他人のことを書き始めた。「私」が主人公の文章に飽き飽きしたからだ。愛すべき「他人」から発見した、私だけが知っているのはもったいない話を伝えたくなったのだ。それにはまず、上手く尋ねて、上手に聞き出すことだ。いつの間にか私は、質問を豊富に持っている人になっていた。人から聞いた答えをいつかちゃんと伝えるために、たくさんメモを取った。

しかし、真実は質問するだけでわかるものではなかった。念入りに質問を準備し、尋ねて、聞いて、文章にしても、ほとんど伝わらない。それは、自分の体がきちんと機能していないせいではないかと疑った。私の目と、私の耳と、私の声と、私の動作の限界だと感じた。別の体なら、同じ話も違うように解釈できたはずだ。

私というフィルターを通した話にうんざりして嫌になったときは、話をするのを我慢して、裸で人々のあいだに立っていたときのことを思い出す。ガウンを脱いでモデル台に上がると、大勢の人が周りに座って、何時間も裸の私を描いた。鉛筆が紙に擦れる音を聞きながら視線の中で静止しているときは、何ひとつとして話が思い浮かばなかった。再び服を着てモデル台から降りると、私を取り囲んでいた絵をなにげなく眺めた。

それらは私を描いた絵ではあったけれど、どれも少しずつ描き手自身に似ていた。胴が長い人は、私の胴を実際よりもっと長く描き、唇が厚い人は、私の小さな唇を実際よりもっと厚く描いていた。鼻の高い人が描いた私の鼻は実際より高く、眉間の狭い人が描いた私の眉間は実際より狭かった。

他人を見るとき、誰もが自分の姿を通過させるという事実を自分の目で確認したことで、私は慰められたのだろうか。それとも、悲しかったのだろうか。そんな絵を三年間見続けていたら、私は自分の裸だけは上手に描けるようになっていた。それは「客観」と言ってもいいのかもしれない。私が手に入れた、数少ない真実だった。

麗水前夜

2018.04.13 Fri.

明日は、長く勤めてきた仕事を辞める日だ。今夜は手紙を書いて過ごす。

空が白み始めるまでに、四十通ほどの手紙を完成させて、リボンできれいに束ねるつもりだ。朝、この手紙を携えて龍山(ヨンサン)駅に向かい、麗水(ヨス)行きの列車に乗る。授業のある土曜日にはいつもそうしてきたように。二〇一四年の夏に授業が始まり、足かけ五年、麗水に通った。

私はその授業を「麗水文章教室」と名付けた。そこには十歳から十九歳までの、四十人ほどの子供たちが私を待っていた。私は「イ・スラ先生」と呼ばれながら、文章の書き方を教えた。一クラス十数人で三クラスあり、一回に二〜三時間授業をする。麗水を往復した回数は百回を超える。

麗水へ行く前日の夜はいつも緊張した。長距離を移動するのに朝早く起きないといけなかったから。ソウルから麗水まではバスだと四時間半、列車だと三時間半、飛行機だと四十分かかる。大きなバックパックに、授業で読んであげる本と、授業用の服、洗面道具、アイマスクと膝掛けを詰めて、バスに乗り込んだ。通勤時に着る服は別に用意していた。往復九時間の移動中に体力を消耗しないように、できるだけ暖かくて楽な服を着て家を出た。

光明(クァンミョン)を過ぎて、益山(イクサン)を過ぎて、全州(チョンジュ)を過ぎて、南原(ナムウォン)を過ぎて、順天(スンチョン)を過ぎる前に、列車のトイレで着替えてから日焼け止めを塗り、ストレッチをしているうちに麗水に到着し、文章教室に向かう。市内の路地にある教室に着いてみると、土曜日の朝寝坊をあきらめた子供たちが、眠そうな目をして座っていた。この子たちが惰眠をあきらめたことを後悔しないような時間にするために、精一杯努力した。

授業が始まれば、疲れを感じている暇はなかった。目の前で、生きて動いている子供たちが何かを待っているからだ。話したり書いたりする準備ができている子たちだった。授業は近況報告から始まる。この二週間で自分に起こった出来事の中から、どんなことでもいいから二つずつ話す時間だ。生徒会の副会長選挙に立候補して落ちた十一歳の近況、初めてピアスを開けた十三歳の近況、好きなアイドルグループの新曲リリースによるメディア出演がうれしい十四歳の近況、ユーチューブに自分のチャンネルを作った十四歳の近況、制服が不自由だと学校に抗議した十六歳の近況、彼氏と別れてカラオケに行ってきた十七歳の近況、地震のせいで早く下校した十八歳の近況。みんなが自分のニュースを定期的にアップデートしてきてくれて、そのおしゃべりだけでも充実した授業になりそうだった。

ひと通りおしゃべりが終わると、私は黒板にその日のテーマを大きく書いた。サンプルとして、そのテーマに関する私の話をひとつずつ聞かせながら、この言葉と関連してどんな経験があるか、子供たちに尋ねた。すると子供たちは、文章を書き始めた。

午前に始まる授業は夕方頃には終わる。簡単に食事を済ませて駅に行き、列車かバスに乗る。ソウルに着くと深夜十二時を過ぎている。これが隔週土曜日に繰り返してきたルーティンだ。愛する仕事だから根気よく続けた。

それでも、麗水に行った週末の日曜は、ダウンしていつも何もできなかった。昨年から、麗水に行くたびに体への負担が大きくなっていき、長いこと悩んだ末にこの仕事を辞めることにした。

私の授業では、子供たちが前に出てきて、自分で書いた文章を読む。恥ずかしいとは思うけど楽しそうだったりもするから、毎回そうするようにした。もちろん、その日に書いた文章があまり気に入らなければ、先に手を挙げて朗読をパスすることもできた。

朗読が始まると笑いが絶えなかった。文章で誰かを笑わせるのは簡単ではないのに、子供たちはその難しいことを常にやってのけた。私はいつだっていちばん最初に笑った。笑わずにはいられない文章が、子供たちの口からしょっちゅう飛び出してきた。

自分の書いた文章を朗読しながら涙ぐむ子もいた。泣いているのを見てすぐに抱きしめてあげたくなるのを我慢し、最後まで文章を読み終えるのを待つことも愛だと、私は学んだ。泣いた子は私が渡したティッシュで涙を拭い、震える息をマイクに吐きながら、最後まで自分の文章を読んでから席に戻った。

文章を書いて朗読してくれた子供たちに、毎回変化をつけながら自分なりの褒め言葉をかけてあげるのが私の仕事だった。だから、かなりしっかり聞かなければならなかった。

十分な言葉を準備しておかなければならなかった。普段からコツコツと読んでいなければならなかった。

ある日は、擬声語と擬態語を一緒に学んだ。よろよろ。とぼとぼ。ぜいぜい。わぁわぁ。くどくど。しぶしぶ。なみなみ。しくしく。韓国語は擬声語と擬態語が豊富な言語だ。その日は文章を書く代わりに、みんなで席を立って、擬声語と擬態語を体で表現しながら遊んだ。「ちょこちょこ」歩いたり、「にやにや」笑ったり、「おいおい」泣くふりをして体を使ったあと、さようならをした。

二〇一五年四月、一編のコラムを授業に持っていった。全文が三〇四人の名前だけで埋め尽くされたコラムだった。ぎっしりと記されたその名前を、私たちは一緒に読みあげることにした。名前が多すぎて、読み進めていけばいくほど胸が張り裂けそうだった。すべて読み終えるのに、思った以上に長い時間がかかった。それでも、ひとつの生に比べてみれば、私たちの朗読はとても短い時間だった。過ぎていくのも気づかず生きている、そんな時間かもしれなかった。

「ひとつ、ひとつ、名前を書いたあと、長いこと泣いた。三〇四個の宇宙が、私たちの目の前でなす術（すべ）もなく消えていった。それがセウォル号の惨事である」

コラムの最後の段落だ。泣きながら読んだ子もいれば、泣かずに読んだ子もいた。けれども、これが一体どれほどの出来事だったのか、私たちはその日、やっと少しだけわかったような気がした。みんな笑い声を抑えていた。

別の日の授業では、また大笑いした。子供たちは一人ひとり、笑い声が違う。くしゃみの音も違う。ある子は「ふぇんちゅっぷん」とくしゃみして、毎度全員を笑わせた。子供たちはそれぞれ、匂いも違った。私のチェックを受けに原稿用紙を持ってくる子に、椅子を出してあげる。並んで座り、文章を一緒に推敲することも授業の一部だった。原稿用紙に書かれた文章を青色のボールペンで直しながら、私は子供たちの匂いを嗅いだ。お菓子の匂い、リップティントの匂い、新しい洋服の匂い、汗の匂い、思春期の匂い。誰からどんな匂いがするか、全部覚えてしまった。

子供たちも私の匂いを覚えたはずだ。私が使っているボディローションの匂い、あるいは仄かな香水の匂い、あるいはひっそりとした路地で吸ってきたタバコの匂いを、何度も嗅いだだろうから。子供たちは私の字の汚さも知っている。最初の頃は、黒板いっぱいに書き込まれた私の字が読みづらそうだったけれど、今はたやすく読めるようになった。

子供たちは、季節が変わるように背が伸びて顔が変わった。ダミ声になって、口数が減る男の子たち。もう母親に髪の毛の手入れを任せない女の子たち。変わっていく子供たちの服装を見た。音楽の好みが広がって、語彙が増えていくのを見た。初めて会ったときは小学生だった子が中学生になる過程と、高校生だった子が二十歳になる過程を見た。私はそのあいだに、二十三歳から二十七歳になった。私の二十代の半分をともにしてくれたこの子たちに、明日、別れの挨拶をしに行く。私は泣き虫だからきっと泣くだろう。泣くかもしれないのを心配しているのではなく、涙の理由を理解してもらえないのではないかと心配になる。悲しいからじゃなくて、ありがとうって泣くはずだから。

泣きそうになっていると「ありがとう」の詳細をすべて伝えられないから、代わりに私は手紙を書く。一人ひとりに、名前を呼びかけてから始まる手紙を。名前を書けば思い浮かんでくる数多くの言葉の中から、いちばん良い言葉を選んで書き始める。最後の麗水前夜はこうして過ぎていった。

手紙の主語

2018.04.15 Sun.

十四歳の男の子、キム・オンユに私は書いた。

車に乗って高速道路や都市を走るとき、窓に顔をぴったりくっつけて道路の車を一つひとつチェックするオンユ。そうして珍しい車を見つけると、「目と口と耳と心で表せないほど好きだ」と、きみは書いたよね。

あるいは夜空を見上げながら、きみはいつもこんなことを考えると言っていた。天体が一瞬にして消えたらどうなるだろうか？　僕たちの目の前に見えている一等星や二等星の星たちが、あっという間にすべて爆発したら？

そんな疑問が湧くときみは、自分が読んだこと聞いたことを総動員して、全力で答えを書いたりする。老いた巨星ベテルギウスが自分の死んだあとに爆発しますように、と願っても、その星は私たちと何百光年も離れているのだから、今すぐ爆発したとしても、長い年月が流れないと地球人はそれを実感できないってことを、きみはしっかり覚えているよね。

私は宇宙について、星について、重力について、きみに尋ねる瞬間が好き。きみはいつだって、私よりずっとたくさん知っているから。この世界の大きさについて。地球と他の惑星との距離について。その距離を横断する技術の限界について。きみが抱いた疑問とひたむきな探求心がどんなに素晴らしいか、きみは知ってる？

もしかしたら、きみがレゴや車を好きなのは必然なのかもしれない。無駄なところひとつない、それらの滑らかな構造や最大速度に、きみが魅了される理由を考えてみる。きみが世界を認識する方法を私も学びたい。きみの目で世界を見ることができたら、私は今よりもっと良い文章を書けるのに。

十二歳の男の子、ポン・ジョンウにも私は書いた。


ジョンウ。私はきみの文章を読み終えると、いつも笑ってしまう。それは、きみの文章がきまって同じ文句で終わるからだよ。毎回こんなふうに終わるよね。

「弟は何を考えているのだろうか？　僕はそれを知りたい」

「オンユ兄さんは文章を書きながら、どんなことを考えたのだろうか？　それを知りたい」

「作家はこの写真のタイトルを、なぜこうしようと思ったのだろうか？　僕はそれを知りたい」

私は笑いながら思ったよ。たしかに。私もそれを知りたいって。

私の文章の師匠がこう言ってた。「作家は、最初の文章と最後の文章を準備する人だ」って。私は、ジョンウお得意の最後の文章が、最初のお得意の文章になった未来を楽しみにしてる。そしたら私は、ジョンウの好奇心から始まる展開を読んでいけるよね。何かについて気になり始めたら、私たちは動きだす。好奇心は愛の始まりだから。ジョンウの好きなものについて、もっとたくさん、これからもずっと読みたいな。

手紙を書いているあいだ考えた。これは、「きみ」が主語となる文章を何度も書くジャンルだと。だから手紙を書くことは、永久に「私」としてしか生きられない私にとって幸せなことに思える。

誰かを愛するとき、はじめに私は、その人を見ているのが好きで没頭した。その人が食べて、寝て、話して、聞いて、書いて、読んで、働いて、服を着替えて、シャワーして、キスして、寝て、寝言を言って、また起きて生きていく姿。しばらくのあいだ、私が私であることを忘れるほど、その姿が素敵でかわいくて情けなくてよかった。

次に、その人が私を見ているということに没頭した。目の前に座って聞いたことのない話をしてくれて、私と視線を合わせながらお茶を飲むのを見ること。あるいは、私の目をただ見つめて何も言わずにいるのを見ること。そうやって、私をもっと我慢できなくさせること。その人の目に私がどう映っているのかを想像しようとすると、期待も募るけど不安な気持ちにもなった。きれいかな。いや、いまいちかも。良いセックスはナルシシズムの極致かもしれない。相手の前で、自分はセクシーだと確信を持てるときにだけ可能なことだ。あなたがそんなふうに見てくれているあいだは、私が知っている私よりも魅力的になれる。

その次に何に没頭したかというと、その人の発する言葉から、感情と思考の地図を辿っていくことに没頭した。もしかしたら愛は、相手の目で世界を見ようと努力することかもしれないし、その人になって生きているところを想像し続けることかもしれない。その人が生きてきた宇宙を共有していると、私はわずかに広くなり、深くなった。今まで何を知らなかったのかがわかった。何をもっと知りたいのかもわかった。

他人が主語になった手紙を何十通も書きながら、自分が主語になった手紙を想像してみる。ある日誰かがそうやって書いてきたら、すごく照れてしまうかもしれない。だけど本当は、心の中に一生の誇りとして記憶するだろう。その文章が事実からどれだけ遠かろうと近かろうと、その人が私を主語にした文章に句点を打つために、心を傾けてくれるのがありがたいから。

「きみ」を主語にした文章を間違えることのないように、私は一途にきみを記憶する。私が見たきみの姿が、きみの目にも信じるに足るものとして映るように。どうかそれを、私の誇張や親切、あるいは優しさだと卑下することなく、私の確かなる眼識だときみが信じられるように。
きみに信じてもらえるように、私は精一杯悩みながら書く。「きみは」で始まる手紙を。

Unexpected Money　2018.04.20 Fri.

ある日、家の近くの喫茶店でひとり座っていた。大きな窓の外の松の木を眺めながらコーヒーを飲んでいると、誰かが私の肩をとんとんと叩いた。髪がくせ毛でボリュームのある人だった。イ・スラさんではないですかと聞いてきたので、私はそうですと答えた。彼はいつも見ていると言い、私はすごくうれしいと答えた。見ず知らずの恐縮するような相手には、「すごく」という言葉を乱発してしまう。静寂が流れた数秒のあいだに考えてみたけど、彼がいつも何を見ているのかわからなくて尋ねた。

「見てくださってとてもうれしいです。それで、何をご覧になりましたか？　もしかして私のマンガをお読みになったのでしょうか？」

「いえ、マンガはまだ読んでいません」

「よかった。文章を読んでくださったみたいですね。文章を読んでもらうほうがうれしいです」

「文章もまだ読んでいません」

「あれ？　はい……じゃあ、えっと……」

若干の疑問が残るなか、また静寂が流れ、彼が勢いよく答えた。

「インスタグラムにアップされる写真で、お顔をいつも見ています。面食いなので……」

急に私は、世界でいちばんその人に感謝したくなった。私が描いているマンガも知らず、書いている文章も知らないのに、顔だけで好きになってくれたなんて、最高な出来事だった。インスタグラム中毒であることを恥じる暇もなく、感激で胸がいっぱいになりながら彼に言った。

「本当にありがとうございます！」

彼はバッグの中身を一つひとつ漁ってから、いま持っているのはこれしかない、と申し訳なさそうに、小さな紙を一枚取り出した。

「今日買ったのですが、これでも受け取ってください」

受け取ってみると、宝くじのロトの購入用紙だった。二桁の数字が列を揃えて印刷されている。他人から宝くじをもらって不思議な気持ちになった。彼が宝くじと一緒に購入したはずの、とてつもない幸運に対する仄かな期待も一緒にプレゼントしてもらったように感じた。私は尋ねた。

「もし当たったらどうしましょう？」

「当選金を受け取ったらいいと思います」

「もしかして当選金を分けたほうがいいですか？　適当に半々でどうですか？」

「いえ、全部もらってください」

「せめて一〇パーセントでもお渡ししたほうがいいんじゃないですか？」

「大丈夫です。もうスラさんの宝くじです」

彼はくせ毛を揺らめかせながら木の階段を下りて、悠々とカフェから出ていった。

それまで私は、人から宝くじをもらうどころか、自分でお金を払って宝くじを買ったことさえなかった。宝くじは私の父のウンイが買うものだった。

知り合いの男の子の中にも、宝くじをコツコツと買い続けてきた子がいた。その子は友達とこんな会話をしていたそうだ。

「どうせ宝くじは当たるか当たらないか二つに一つでしょ？」

「うん」

「半々だから、俺が当たる確率はなんと五〇パーセントなわけ」

「おお、そうだね」

「だろ？」

「じゃあ、もしおまえも俺も宝くじを買ったら？　俺の確率五〇パーセントもそこに足すと、俺たちが当たる確率は一〇〇パーセントなんじゃね？」

「そうなの？」


情けない。これからも私は宝くじを買わないだろう。もちろん、くせっ毛さんがくれた宝くじは、例外としてしっかりしまっておくことにする。財布に宝くじを入れた。水曜日だったから、土曜日まであと三日あった。

三日間、私は普段通りに出勤して授業をし、帰宅して連載を書いて、家事をしてデートをしながら過ごした。そのあいだにも、心の片隅には次のような言葉が潜んでいた。

「土曜日から、私は成金になるかもしれない」

心の準備が必要だった。当選者として生きていく人生について十分にシミュレーションしておかないと、いざというとき愚かな失敗をしてしまいそうだ。

水、木、金曜日が過ぎて土曜日の夕方になると、少し悲壮感が漂ってきた。私は重大事件を前にしたような心持ちでホームプラスで買い物をしていた。スマートフォンでロトくじの当選番号を確認する準備をしておいて、努めて平気なふりをして果物コーナーを見て回った。

「もし当たったら……そうなったら！」

とりあえず、自分の学資ローン二千五百万ウォンと、昔からある母と父の借金を返すのが先だった。その次に、ウォルセ[*10]の家賃がこれ以上出ていかないように、チョンセ[*11]の家を探す計画だ。チョンセの家さえあれば仕事を減らせるはずで、心身ともに不調なときは仕事を休むこともできる。助けてあげたい人たちの顔もたくさん頭に浮かんだ。その後の消費についてはゆっくり考えてみてもよさそうだった。コンビニで一番安いワインばかり飲んでいたけれど、当選者になったら世の人々がおいしいと言うワインを飲み漁ってみたかった。それから、マンゴーを何箱も買って毎日食べたかった。とてもおいしいのに、値段が高くて手が出せなかったから。目の前の果物コーナーには、二つの真っ黄色なマンゴーが豪勢な包装で陳列されていた。

時間を見ると、いよいよ八時三十分が過ぎて、ロトくじの当選放送が始まった。私は財布からロト用紙を取り出した。甘いマンゴーの匂いを嗅ぎつつ、スマートフォンで当選番号を確認した。

＊10─入居時に一定の保証金を大家に預け、月々の家賃も支払う賃貸方式　＊11─入居時に多額の保証金を大家に預けることで月々の家賃が免除される賃貸方式。保証金は退去時に全額返却される

番号は、ひとつだけ一致した。

くじが当たらなかったからマンゴーは買わなかった。五千九百ウォンのワインを買ってバックパックに入れて、タバコを吸いながら家に帰った。

くせっ毛さんは、仮定法の楽しさと同時に、仮定法のつらさまでも授けてくれたのかもしれなかった。もしかしたら彼が手にしていたかもしれない、とてつもない可能性をすべて私に授けてくれたというのは、いずれにしてもありがたいことだった。次の日も私は、連載労働を続行した。スピードは遅いと思うけど、いつか未来スラは借金を全部返すだろう。遠い未来になると思うけど、運が良ければチョンセの家も手に入れるだろう。なんてことないマンゴーくらいは、遠くない未来に買って食べてしまうはずだ。

逃げるは恥だが役に立つ〈上〉 2018.05.07 Mon.

私たち三人が旅行に行ったのは、板門店宣言（パンムンジョム）[*12]の翌日だった。私とリュウとウル。三人の国籍が韓国だと知った大半の日本人が、「ニュース見たよ、よかったね」と声をかけてきた。大阪郊外の古びた居酒屋の壁に取り付けられたテレビにも、文在寅（ムンジェイン）と金正恩（キムジョンウン）の顔が何回も出てきた。

関西国際空港のインフォメーションコーナーでは、日本人スタッフが私たち三人を代わる代わる見て、怪訝な顔をした。大きな男の子の両脇に小さな女の子二人がぴったりくっついているのが気になっているようだった。大男のリュウは左側にいるウルを指して「カノジョ」と言い、右側にいる私を指して「トモダチ」と言った。そうだ、私は二人の「トモダチ」だったのだ。私には、一組のカップルと一緒に旅行しているという自覚がなかった。三人兄妹の旅行みたいだったから。そのスタッフには私が「どっちもいける人（カクテキ）」に見えたのかもしれない。私にだってソウルに恋人がいるんだけど……。リュウとウルが私のことを好いてくれていて、それでただ一緒に来ただけなんだと言いたかった。

そのスタッフは、なぜか満面の笑みで私を見ていた。私も笑うしかなかった。

へへ……。

ウへへ……。

私たちは向かい合って笑い続けた。ただ笑うしかなくて、言葉が出てこなかった。中学

＊12――二〇一八年四月二十七日、南北首脳会談後に韓国の文在寅大統領と北朝鮮の金正恩総書記が発表した、朝鮮半島の平和と繁栄、統一のための共同宣言

生のときに習った日本語をいくつか覚えてはいた。はい、ありがとう、すみません、さようなら、おいしい、だいすき……以上。

私たちの中で日本語が堪能なのはリュウだけだった。彼は二十六歳のがっしりした体つきの男性で、三カ国語を操り、語彙を知っているのは英語＞日本語＞中国語の順だった。学業や仕事といったやむをえない事情ですぐには入隊できずにいたが、数週間前に何の前触れもなく入隊通知書が届いてしまった。先送りできる状況ではなかった。兵務庁に電話をかけて、即時の入隊を避けるための最終手段を尋ねると、職員は海外出国しかないと回答した。入隊予定の当日、急に日本へ出国することにしたリュウについて行くために、恋人のウルも荷造りをした。二人の親友である私も、それに便乗して荷物をまとめた。リュウの一時逃亡が心細くならないように、二人の女はお金と時間と神経を使った。板門店宣言はまだ昨日のことだから、リュウは大学を卒業したら軍隊に行かなければならないだろう。

大阪に到着してから、リュウの後ろ姿を何度も見た。彼が先頭に立って道を探し、看板を読み、レストランや泊まるところを探し、チケットを買うなど、ガイド役をしてくれた。後ろから見たリュウの耳は格好よくて、後頭部は端正で、背中はまったくもって大きかった。

リュウの横を並んで歩く二十五歳のウルの背中は、彼の背中の三分の一ほどしかなかった。生まれ変われるなら、小柄で華奢な美しいウルの体になりたいと、中学のときから思っていた。ウルの美しさは誰とも違っていた。リュウの目にもそう映っていただろう。リュウとウルは一年前、私の紹介で初めて出会った。最初はリュウが一方的にウルを好きになって、ウルは特にリュウに興味がなかった。近づこうとする過程で傷ついたリュウの泣き言を聞くのは私の役目だった。熱心に聞くふりをしながら内心では、めそめそする男って本当につまらないと思っていた。リュウが半年かけて粘り強くアプローチした結果、二人は格別な仲になった。私の好きな二人が恋人になってうれしかったし、もうリュウの泣き言を聞かずに済むのもうれしかった。とても大きな男と、とても小さな女が愛し合っているね、そう思いながら、日本の田舎の道を二人について歩いた。

二十七歳の私としては、ここでは何もすることがなかった。あっちだ、こっちだ、と言うリュウになんとなくついていくだけだった。自分が無能になったように感じたけれど、それがとても楽だった。何だって読めてしまうソウルでは、そこまでぼんやりするのは難しい。看板に書いてある日本語は、私には絵みたいだった。ぼーっと歩きながら、リュウが頭をフル回転させているのを眺めていた。彼は目的地を探して通訳をし、ウルを気遣いながら、看板の上に止まっている鳥を発見することも忘れなかった。あ、ツバメだ!という感じ。どうしてツバメだとわかったのか聞いてみると、羽がブーメランの形じゃないか、と答える。リュウは幼い頃から動物全般に強い関心を持っていて、動物のドキュメンタリーを何十本も見ていた。

私たち三人は、年齢や性格、食べ物の好みなど、すべてが違っていたけれど、疲れやすいという点だけは同じだった。そのせいか、六日間の旅程はすごくゆったり組まれている。和歌山県の静かな町の木造家屋に泊まることにした。宿泊費は新村（シンチョン）のモーテルよりずっと安かった。部屋はひとつだったが、お互い気を遣わず気楽に服を着替えて寝た。ウルが真ん中で、右側は私、左側からリュウが彼女を抱きしめて眠りについた。

朝になったと感じたのは、部屋に差し込む陽の光のためではなく、音のせいだった。横からウンウンと声が聞こえてきた。リュウとウルが話しているようだ。寝ぼけていて何と言っているのかよく聞き取れなかった。二人がしばらく会話したあと、私は完全に目が覚めた。それでも二人の言葉は聞き取れなかった。

ウンウン……ウンウンウン？　クウウングングンウンンアウ……

ウウウン？　ウンウン。ウングン！

というふうに聞こえてきた。そちらを向いて確かめてみると、二人は横になったまま顔を近づけて話をしていた。衝撃的だったのは、口をまったく開けずに会話していたことだ。寝起きの口臭を吹きかけ合わないようにするためだった。驚きを隠せないまま、私は二人を観察した。腹話術だけでけっこう長いこと対話が進んでいた。

ウンックムン、ドゥンスムクムン、ムングンック？（朝はお弁当にする？）

ウン……クンックムングングムック（うん……そうしよっか）

そんな感じだった。

ゆるゆるな日程であっても、私は朝のランニングを続けた。紀伊田辺という小さな町を毎朝走った。高い建物のない、海辺の町だった。宿の前には古い神社があって、海までは歩いて五分。外国人どころか地元の人でさえ稀な、その町をのんびりと走った。大気汚染粒子が飛んでいなくて呼吸しやすかった。冷房も暖房もいらない季節だった。

ランニングする趣味のないリュウとウルは、私が走っているあいだに弁当を買いに行った。ゆっくり走りながら宿に戻ると、リュウとウルはすでに食事の最中だった。私も隣に座って弁当を開けた。

リュウの弁当には肉が一枚、ウルの弁当にはご飯が三さじほど残っていた。ウルがリュウの弁当に箸を伸ばすと、リュウはまるで見慣れない猫を警戒する犬のように、低くウーーーと唸った。彼はありとあらゆる動物の物真似に卓越していた。

ウルが箸を持ったまま攻撃に入った。

「リュウだってさっき私のひとつ食べたじゃん。だからひとつちょうだい」

リュウも箸を持ったまま防御した。

「ウルだって俺のひとつ食べたじゃん。だから一対一なの。また持ってかれたら二対一でレートが合わないから」

ウルが悔しそうな顔をした。

「分かち合うってこと知らないの？」

でっかい単語を突きつけるのは、彼女が不利な証拠だった。

そのときリュウが私を見ながら言った。

「スラの弁当から俺におかずをひとつくれたら、俺のをウルにあげるよ」

二人が同時に私を見る。私はため息をつき味噌汁で喉を潤してから、天ぷらをひとつずつ分けてあげた。するとリュウは、ウルにおかずをあげた。

日本の弁当には、とても小さなものがちょこちょこと詰まっている。日本人の大根の使い方は興味深かった。薄く千切りにして甘辛く煮たものはおいしかったけど、あまり調理されずに酸っぱく味付けされたものはいまいちだった。一番おいしかったのは豆腐料理だった。

次の日の朝も私たちは弁当屋に行った。朝の静かな田舎道、各自弁当を買って帰る途中でリュウが言った。

「俺たち、おかずを共有経済する？」

「しない」私は答えた。

「そんなに嫌がることないだろ」リュウは鼻から息を出しながら言った。

ウルが補う。「スラは嫌がったわけじゃないよ。ただ、しないって言っただけ」

私がさらに補った。「唾液が混じるのがやだ」

二人はしばらく沈黙してから、囁き合った。

「スラって器が小さいね」

「スラの器、小さい」

それは事実だった。小学生の頃はもっとひどかった。私は誰かに覗き見されるんじゃないかと、必死にノートを隠す女の子だった。私の給食トレーに誰かが手を付けただけで食べるのをやめる子供だった。そんな私の本性をずっとひた隠しにしてきたのに、二人の前ではもう隠せない。

神社の前のベンチに座って弁当を開けた。横の公園の前ではおじいさんたちが旭日旗を掲げていた。私が自分の弁当を食べて、二人がお互いの弁当からおかずを一口ずつ交互に食べているあいだ、私は友達がいなかった小学校低学年の頃を回想していた。リュウとウルはから揚げ一個だって交互に分け合って食べていた。二人は恋人だ。それは恋人だからできることだ。

思えば私も、カバとはから揚げ一個を分け合って食べた。私はひょっとすると、カバの唾液とリュウの唾液を別物と思っているのだろうか？　カバとはキスをする仲で、リュウとはしない仲だからなのかな。でも、ウルとはなぜかキスできそうな気がした。

私は友人たちの唾液の味を想像した。唇を合わせて、噛んで、舌を入れて、首を摑んで、耳に触れる。それはどれだけ奇妙なことだろう。人間の口の中の唾液や細菌について考えていたら、急に食欲がなくなった。やっぱりキスって気恥ずかしい。もうしないでおこうかな？

そんなのありえない。その日の朝は徹底的に歯磨きをして、海辺に行くためにおのおの水着を手にした。

逃げるは恥だが役に立つ〈中〉 2018.05.08 Tue.

目的地は白浜海岸だった。ゴーグルとビキニ、コンビニのパックワイン、レジャーシートを持って地元のバスに乗って行った。紀伊田辺で同乗してきた町の人たちと一緒に。バスや電車に乗るときはいつも、私はひっそりとバナナを食べる。お腹がすいていると手が震えてきて、怒りが込み上げてくるからだ。ウルはもっと深刻だった。特に胃が敏感な彼女は空腹のままだと胃痛がひどくなり、食べたものをきちんと消化できなくなった。空腹のピークになる前に、何か軽くお腹に入れておく必要があった。私たちはお互いの不健康なところをよくわかっていた。体調を崩した場合に他人にかかる迷惑を知っているからこそ、それが恐ろしくて自分の体調をいつもチェックしていた。私は日本でコンビニに立ち寄るたびに常にバナナを仕入れておいて、非常薬のように持ち歩いた。一本ずつでも買えたけど、必ず三本で包装されているものを買った。私のお腹がすいてくれば当然ウルのお腹もすいてきているわけで、私たち二人で食べているとリュウも「俺にも一本」と言いだすからだ。

バスの中でバナナを食べてから、リュウは白浜を歌詞にして歌を作った。「しらはま〜」

と、忘れた頃になると口ずさんだ。本当はもっと上手に歌えるのに、真剣に歌うことはほぼない。アニメの声優みたいに大げさに歌うのがお決まりだった。乗客たちがバスから一人、二人と降りていき、車中に残っているのは私たちだけになった。子供連れの母親が置き忘れていったボトルがバスの床をゴロゴロと転がり、それをリュウが拾ってバスの運転手に行儀よく渡した。彼が通訳を担当してくれたおかげで、私たちはいろんな面で安心できた。外国語でコミュニケーションをとる際、彼はいつも礼儀正しかった。車窓から海が見えると、私は「うわあ」と声を上げてパチパチと手を叩き、ウルは声を出さずに手を叩いた。ウルは公共の場で騒いだりしない。

バスを降りるとすっかり夏の陽気だった。白浜海岸は閑散としていた。子供たちを連れて遊びに来た家族が数組、カップルが数組、外国人が数人いるだけだった。ウルは赤いワンピースタイプの水着、私は茶色のビキニに着替えた。リュウは水着の短パンにアロハシャツを羽織った。水着の面積は泳ぎの実力に反比例するものだ、というのが私の父ウンイの主張だった。彼に水泳を習った私は、いつも最小限の面積だけを隠す水着を選んだ。一方で、フランスの小説家ミシェル・トゥルニエは、水着の面積はその人の財産に反比例する、として次のように書いている。

そのため大富豪は裸で泳ぐ。無論、裕福な者たちは泳ぎ方を心得ている。貧しい者たちには恥じらいがある。寒がりで、臆病だ。だから、世界誕生の日のように、世界終焉の日のように、海辺に向かって少しずつ、少しずつ、歩いていく。

いつか読んだその一節を思い出しながら、私はバチャバチャと海に入った。そのあとをついてきたウルが言った。

「スラ！　水がすごく冷たい！」

私はウルを、おへそが水に浸る深さまで連れていって安心させた。

「泳いだら寒くないよ」

私たち二人はあっぷあっぷと泳いで遊んだ。辺り一面、どぷんと揺れていた。私たちは小さすぎて、海の終わりの端っこでも全身が激しく揺さぶられた。

そのあいだリュウは水の外にいた。一人で何をしているのか見てみると、小さなエビの死骸や砂に埋もれた魚の骨などを探し集めているところだった。魚の骨はまるで人工模型のように完全な形で保存されていた。私は砂浜にそんなものがあるとは知らなかった。彼はウルにあげる美しい色彩の石も集めた。その背景で、浜辺のスピーカーからはなぜかBIGBANGの過去のヒット曲が小さく流れていた。

水遊びを終えると、ウルと私は砂の上に寝そべって、体の表と裏を焼き始めた。日光も砂も温かくて穏やかにリラックスしていたら、横でウルがぶるぶる震えだした。ウルは暑さにも寒さにもとても敏感だった。暑かったところに冷たい水に入ってまた出てきたせいで、体温が上がりにくかったのだろう。私はウルの水着の肩ひもを解いてへその下まで下げると、その上に私のメッシュのタンクトップを着せた。濡れた水着を着ているより、脱いだほうが寒さは和らぐからだ。体は太陽の下ですぐに温まった。

さっきより寒くなくなったと言って砂の上に横たわっているウルの隣で、リュウと私はぬくぬくの砂を両手で掬って、彼女の体にかぶせてあげた。ぬくぬくの砂とは、私たちがまだ踏んでいない砂、太陽の下で濡れることなくずっと温められていた砂のことだ。ウルの全身を熱い砂で覆いながら、リュウと私はある種の安らぎを共有したように思う。少なくとも今はウルも回復したし、私たちがしてあげられることもあるから。

ウルの不調は、私たち三人のあいだでよく話題にのぼる。彼女はあまりにも長いあいだ、あまりにも毎日のように、あまりにもうんざりするほど、体調が悪くなりがちだった。ウルが抱えている持病を明確に説明するのは難しい。確かなことは、彼女の痛みが強烈に実在しているのを、リュウと私が知っているということだ。ウルがこの二年間で体調を理由に手放したいくつもの仕事、彼女の持ついくつもの才能について考えた。病気でなければ書けたはずの文章、描けたはずの絵、読めたはずの本、会えたはずの人、稼げたはずのお金、なんかを考えてみたけど、やめた。いろんな仕事を保留にして引き延ばして、ウルの焦りや疲れがどれほどなのか、私にも想像がつかなかった。

この旅行で最も重要なことは、ウルが体を壊さないこと。それをリュウも私もよくわかっていた。首や肩のひどい痛み、なにかとすぐに調子が悪くなる胃腸にもかかわらず、ウルは人に気を遣ってばかりいる忙しい子だった。自分が失礼なことをしたかもしれない相手に対して、あるいは、あとになってから申し訳なく思えてきたことに対して。

去年の今頃、私は新村セブランス病院の救急室に運ばれた。突然お腹の中のすべての臓器が捻れて絡み合うような痛みで、息ができなくなった。検査してみると卵巣の嚢胞(のうほう)が破れていた。入院の翌日、やっと痛みから解放されて正気を取り戻し、ウルに電話をかけた。

「ウル、わたし卵巣の嚢胞が破裂したの。嚢胞があるのさえ知らなかったのに、破裂だなんてびっくりだよ〜」

と言って笑った。

すると、電話の向こうからウルの嗚咽が聞こえてきた。私は彼女の泣き声に驚いて、一体どうして泣くのか聞いた。まるでウルのほうの嚢胞が破裂したみたいだった。いろんな種類の痛みに悩まされ、うんざりするほど苦しんできたあいだに、ウルは他人の痛みに対しても極度に敏感になってしまったのだろう。痛みを身をもって知っているからこそ、他人の痛みも自分のことのように感じるのだ。その過程をリュウと私は「I 易地思之 You」と名付けた。ウルの、いついかなるときでも相手の立場に立って考えてしまう易地思之なところが心配になるときもある。自分のことしか考えない人にはそれ相応の健康と安らぎがあると思うから。

私はウルを見て、病を抱える人ならではの情を学んだ。椎間板ヘルニアの人が、お客さんには必ず良い椅子を用意してくれるような情。どんなに楽しい場でも、疲れが見えたら早く家に帰すような情。誰かが無理する前に、いち早く気づいてくれる情。人の痛みを自分の痛みのように受け止めるウルの懐を今まで見てきた。

美しい白浜の浜辺で私は、ウルの濡れた水着を脱がせてあげたり、取ってきた砂をさっとかぶせてあげたりしたけれど、ウルと暮らすリュウのすべきことは、それよりもずっと多くて細かいだろう。病を抱えるウル本人がすべきことは、それよりもはるかに多く、終わりが見えないだろう。

その困難の過程での私の役割は小さく思えた。私がいなくても展開できたはずの旅行、私がいなくても続行する彼らの恋愛を思ったとき、器の小さな私の心は少し軽くなった。

逃げるは恥だが役に立つ〈下〉　2018.05.09 Wed.

海水浴を終えて、歩いて温泉に行った。海の見える露天風呂だ。リュウは日本人男性たちと男湯に入った。革ジャン革パンでハーレーダビッドソンに乗ってきた一団。その片隅に、浴槽の端でおとなしく浸かっている裸のリュウがいると思うと、笑いが込み上げてきた。リュウは図体がでかいのに、力仕事は苦手だった。そんなキャラクターもあって、私たち三人は親密になったと思う。男湯と女湯のあいだは一枚の石壁で遮られていて、互いを見ることはできなかったが、耳を澄ませば日本人のおじさんたちのしゃべり声が聞こえた。

一方、女湯では様々な年齢の女性たちが湯に浸かっていた。子供連れの人や一人で来た人、おばあさんグループもいた。ウルと私は湯船の中の海にいちばん近い一角で体を温めた。ウルは海を、私は湯の中の女性たちの裸を眺めていた。それぞれに違う体型と肌質をちらちらと観察した。特に、小さな男の子をそばで見守る母親の体をずっと見ていた。エネルギーがみっちり詰まった体。海を見るウルの背中もじっと見る。ほっそりとして美しかった。彼女を背中からぎゅっと抱きしめて先に浴槽から上がり、タバコを吸った。

日課のように毎晩繰り返されたのは、リュウがウルの体をマッサージすること。二人はだいぶ前から毎日そうしてきたらしい。夜になると凝り固まって痛くなるウルの首と肩を、リュウが大きな手で力いっぱい揉む。三十分くらいマッサージすることもあった。毎日三十分以上もマッサージできるなんて驚きだ。二人はお互いにとってケアの提供者だった。私に力が残っていたらリュウの肩を揉んであげたかったけど、この握力では揉みほぐせないだろうし、ちょっと面倒くさかったりもしたから、ノートパソコンで自分のすべきことをした。いくつかの出版社から届いた何十通ものメールに返事をする。私の最初の本を、どの出版社のどの編集者と出すか、まだ何も決まっていなかった。どんな本が作りたいのか、自分でもよくわからなかったのだ。

翌朝、宿の前の神社に立ち寄った。神社には立派な木が何本もあった。木の葉のきらめきを数えきれないほど見た。大きな木の柱に触れながら神社を歩く。一周するのに二十歩以上歩いた柱もあった。樹齢を推量するのは難しかった。とてもゆっくり、とても長い時間をかけて育つのがいつも不思議だった。日本旅行中に読んだ二冊の本のうち、一冊は夏目漱石の『三四郎』だった。半分まで読んだところで、それがゆっくり進む小説であり、主人公が一冊かけてほんの少しだけ変化する小説だと気づいた。一人の人間が少し変化するだけでも、こんなにも数多くのシーンが必要なのかと思った。

神社から五分歩けば海だ。犬の散歩をする町の人をちらほら見かけた。浜辺の日陰で三人で少し寝転んだ。本気で寝るつもりはなかったのに、いつの間にか眠りこけていた。どこでもすぐに寝てしまうのは、私が二人の前ではリラックスするからだろう。寝ているところをリュウに起こされて、近くの喫茶店に入った。そこでも『三四郎』を読んだ。本棚に差す光がとても美しくて、文字がなかなか目に入ってこなかった。

宿の前庭を大きな亀が歩き回っていた。茂みの中にいる亀を眺めながら、三人でタバコを吸ったりもした。和歌山県の静かな紀伊田辺の町をあとにして、私たちは大阪市内に移動した。

バスで二時間走って大阪市内へ来てみると、足早にならないわけにはいかなかった。市内の風景は乙支路（ウルチロ）や忠武路（チュンムロ）や明洞（ミョンドン）みたいだ。とにかく鍾路（チョンノ）区方面。和歌山はとても静かで、穏やかな気持ちでゆっくりと歩いたり、すぐに眠たくなったりしたのに、大阪では足も視線も頭の回転も速くなった。通訳は引き続きリュウの担当だったけど、私でもわかるチェーン店やショッピングモールが目の前に並んでいたから、思考を止める間がなかった。

　市内にはメイド服姿で看板を持って立っている女性がたくさんいて、ちょっと驚いた。私たちは「ドン・キホーテ」という何でも屋に入った。それこそ、あらゆる物を売っている五階建ての店だった。物色していた私は、サガミ0・02ミリのコンドームを買うことにした。Lサイズを手に取った瞬間、リュウとウルが近くに寄ってきた。

　リュウが私を見て言った。

「ご立派なんだ？」

　ウルがリュウを見て言う。

「うちらはMにしとこうか？」

　二人はMサイズのコンドームを一箱取った。彼らが栄養剤を選びに行っているあいだ、私はアダルトグッズコーナーを見ていた。日本の男性本位の「セクシー」って旧時代的でダサいと思った。ヒョウ柄のアダルトグッズはなんだか恥ずかしい。惨めで野性的な感じ。

かった。アイマスクがひとつ欲しかったけど、どれもヒョウ柄だったから買わなかった。

　ウルが選んできた栄養剤には会計済みのシールが貼ってあった。リュウは「会計しないでそのまま持って出よう」と言ったらしい。もちろん冗談だった。ウルはそんな冗談さえ言わない。

そのとき私はそばにいなかったけど、もしいたら、「このまま持って出ていこう」って言っただろうか。私は簡単に良心を捨てる人間だからわからない。大きな店に対しては厚顔無恥だった。私が出来心で盗みを働いたのはインドのバラナシで、二十一歳だった。店でレザーバッグをひとつくすねたら、その日ゲストハウスで繰り返し悪夢を見るはめになった。バットを持ったインド人たちに追いかけられる夢で、彼らはレザーバッグを盗んだコリアン・ヤングガールを捜索中だった。「急速な経済開発と民主化のせいで、韓国の国民には教養がないんだな」と嘲笑する彼らの声を夢の中で聞いた。それで、もう二度と万引きはしないと誓った。ボキは私に、人様の物を盗むと魂が貧しくなって品位を損なう、と諭した。リュウは小学生以降、万引きはやめたらしい。ウルは今まで一度も盗んだことがないそうだ。品位って何だろう。私はどうしてこんな人間なんだろう。そんなことを考えていたら、隣でリュウが癪に障ることを言った。

「俺たちの中でいちばん品があるのは、やっぱりスラでしょ」

「なんで?」

「スラは毎朝一人で走って、ヨガをして、お茶を飲みながら窓の外を優雅に眺めてるじゃん」

リュウは、私がちびちびとお茶を飲むのを真似した。両手でコップを包み込み、熱いお茶にふうふう息を吹きかけては窓の外を眺めるような、つまり「上品ぶった姿」をパロディーにしたのだ。

大阪でも私たちは小さなワンルームに一緒に泊まった。部屋では二人が食べ物を分け合う姿をよく目撃した。リュウがカップラーメンを食べ始めると、ウルが合流する、といったふうに。リュウが怒りだした。

「自分ではカップラーメンを買わないくせに、なんでいっつも俺が食べてるときに横取りするの？」

ウルが息巻いた。

「えっ！　コンビニ行くときは別に食べたくないから！　リュウが食べてると食べたくなるの！」

リュウが問い詰める。「どうして自分で買って食べないんだよ？」

ウルが言い返した。「奪って食べたほうがおいしいから！」

二人は小さなカップラーメンを交互に一口ずつ食べた。

リュウが急かす。「早く食べて！」

ウルが顔をしかめた。「は？」

リュウがもっと顔をしかめる。「自分だけお腹すいてんの？　俺もなの！」

お構いなしにずるずると麺をすするウルを見ながら、リュウがつぶやいた。

「この先ウルがなんか買ってきて食べるとき……見てろよ……全部奪って食べてやる……」

今度はウルが爆発した。

「ねぇ！　あんたさ、私がおととい買ったこんにゃくゼリーも三分の一横取りしたし、昨日買ったロイヤルミルクティーも勝手に半分飲んでたし、ポテトサラダも半分食べてたけど？」

二人は、朝は腹話術で会話して、夜はマッサージし合いながら互いに世話をして大切にするのに、昼はカップラーメンをめぐってああだこうだと言い争う。三つの姿全部がこの上なく二人らしかった。私は気にせず横でバナナを食べた。私たちは旅行中ずっと、兄弟の多い家の子供みたいに食欲旺盛だった。


その日の夕食は、私がごちそうすることにした。すっかり忘れていたが、三人の中で私がいちばん年上で、お金を稼ぐのにいちばん時間がかかるのだった。旅行中に一食くらいは豪華な食事をしたくて、私たちは街の中心部にある回転寿司屋に行った。

「今日だけはお金の心配しなくていいから、思いっきり食べよう」

私は豪快に言った。

三人はそれぞれ自分の好きな寿司を選んで食べ始めた。ウルが三皿目のツナ軍艦をゆっくり平らげて、私が二皿目のウナギのにぎりをゆっくり味わっているとき、横を見たら、リュウはもう七皿目を空にしていた。私は少し不安になった。一皿で四百円を超える寿司もあった。

それから十五分経つと、リュウが空にした皿は彼の顎の下まで積み上がっていた。私が五皿食べて、ウルが六皿食べているあいだに、リュウはなんと十五皿も食べた。彼が平らげた分だけを計算してみても、五千円だった。韓国ウォンでいうと五万ウォンだと知ったとき、私は心の中でつぶやいた。

クソッ……。

カウンターで私が三人分の夕食代を八千円以上払っていると、リュウはやらかしたのに気づいた犬のように寿司屋の入口でおろおろしていた。自分の頭をゴツンゴツンと何度も殴って、まるで食べる量を調整できない犬みたいだった。急にリュウが自分の弟のように感じられた。実の弟とは似ていなかったけれど、とにかく彼は私のことを親密な姉くらいには思っているようだ。リュウに近づいて言った。

「ねえ、本当に私に懐いてるよね」

リュウは両手でハートを作りながら愛嬌を振りまいた。一瞬で八千円が消えた私は、リュウを少し憎んで、たくさんかわいがりながら宿に帰った。

その日の夜も、リュウはウルをマッサージした。寿司十五皿分の力で、一段と強く揉んでいた。その隣で私は、翌日一人で先に帰るための荷造りをしていた。するとそのうち、二人はあることで揉め始めた。数日前のもう過ぎたことについて、ウルは寂しかったんだと蒸し返し、リュウは黙って聞いていた。黙って聞いてから、リュウは言った。

「ウル。もうしないから。これからは絶対やさしくする」

狭い部屋で二人は、まっすぐに見つめ合って話をしていた。お互いから逃げない二人だった。隣で荷造りをしていた私は胸が痛くなった。そんなふうに単純で重たくて正確な言葉での謝罪を、首を長くして待っていた日々を思い出してしまったからだ。それがたとえ口先だけだったとしても聞きたかった。ときどき、私はあの人の前でずっとシャドーボクシングをしているように感じた。もう終わってしまったのだから、どうしようもない。

私の目が涙で滲んできたのに気づいたリュウが言った。「泣いたっていいんだよ、スラ」

私は心の中で思った。私がなんで悲しいのか知らないくせに！　でも、なんだか安心したのか、涙がぽたぽたと落ちた。恥ずかしかったが役に立った。私のもとから去っていったあの人に謝ってほしいとはもう思わなかった。謝られたとしてもうれしくないし、むしろ少し悲しくなるかもしれない。私が望むものをこの人は持っていないんだと実感して。

以前、リュウとウルとである集まりに遊びに行ったことがある。端っこに座っていたパク・ソリョンという作家が、自分で書いた詩を一編朗読した。十人くらいで円になって座っていた。彼女の詩を聞いていたら突然涙がぽろぽろ溢れ出し、キッチンへこっそり逃げた。そこで鼻をかみながら、おいおい泣いた。リュウはその日の私を鮮明に覚えていた。

みんな泣こう、とウルが私を抱きしめてくれた。日本での五日目の夜がこうして過ぎていった。リュウとウル。二人はカップラーメンをめぐって毎日のように喧嘩していたが、お互いにとっての祝福の瞬間は少なくなかったようだ。二人の恋愛は、お互いを拡張させたり縮小させたりしたが、お互いでなければならない瞬間が無数にあった。

次の日の夜明け、寝ていた簡易ベッドを静かに片付けて、荷物を持って宿を出た。リュウとウルはまだぐっすり眠っていた。挨拶もせずに二人を置いて出てきたが、全然心配じゃなかった。目が覚めたら、二人はいつものように腹話術で話し始めるだろう。私が一緒に寝ていてできなかったキスをするかもしれない。第三者として合流して適当なときに抜けられることが、私の心をすごく軽くした。私も自分の恋愛をしに、早くソウルに帰りたかった。

水の中のあなた 2018.05.18 Fri.

私が愛してやまない一枚の写真から話を始めたい。写真の中の私たちは東海岸[*13]にいる。私は六歳くらいで、弟は五歳くらい。父のウンイは三十歳を過ぎたばかりだろう。真ん丸のボールみたいなウンイのお尻と確固たる脊柱起立筋を見て、若さとは何かを私はあらためて記憶した。

ウンイは私たちを徐々に海の深いほうへ連れていくけれど、私たちは安全そうに見える。エアーマットの上にいるからだろう。どんな道を走っていても、彼が運転する車の中なら何の心配もせずに眠っていたように、海の上に浮かぶレジャーシートサイズのマットの上でも、私と弟はのんびりしていた。水に慣れるのを手伝ってから、ウンイは私たちに

＊13―韓国の東側の海にあたる東海の海岸。江原道の東草市〜三陟市のエリア。反対の西側の海が西海

泳ぎ方を教えた。体の動かし方を練習する前に教えてくれたのは、水に対する恐怖を忘れてはならない、ということだった。

「誰でもいとも簡単に死んでしまう。特に水の中は」

上手く泳ぐことよりも大事なのは、水の中で慢心しないことだ、と彼は言った。溺死事故になる確率は、まったく泳げない人よりも少し泳げる人のほうが高いらしい。ウンイはライフセーバーの資格を持っていて、障がい者と非障がい者に教えてきた経験のある水泳インストラクターだった。そしてのちに、職業潜水士になる。水の中でも外でも注意深い彼から、私たちは泳ぎ方を習いながら成長した。プールか渓谷か海か、それによって少しずつ泳ぎ方を変えるようになった。

私たち姉弟が成人してからも、たまにウンイと水に入ることがあった。四つの泳法はすでに全部教わったのに、彼に指摘されるところはなくならなかった。私が手をまっすぐ伸ばして平泳ぎをすると、ウンイは「それは定石だが、なんていうか、中級者の手だ」と言った。

「上級者はこうするんだ」

水の中で彼は、握手をするみたいに両手を前に突き出した。私は真似してみた。力を入れすぎないように、と彼は付け加えた。

クロールと背泳ぎのフォームは合格をもらった。自信のなかったバタフライも合格した。続けて、潜水泳法と立ち泳ぎをもう一度習った。立ち泳ぎは、水面に顔だけ出して、直立の姿勢で片足ずつ交互に平泳ぎのキックで水を蹴る。完璧にできる人は、腕をまったく動かさなくても自然に呼吸しながら浮いていられる。ウンイがライフセーバーの訓練を受けたときは、立ち泳ぎで一時間浮いたままでいることが課題だった。

次に学んだのは、クイックターン。クロールで進んで壁に着いたらできるだけ速く、そして格好よくターンする技法だが、私はいつも壁に着く前にターンしようとするから、伸ばした足で蹴るところがなかった。全然スピードが上がらない私を見て、ウンイが言った。

「壁に頭がぶつかりそうになってからターンしても遅くない」

それはとても怖かった。

最後に習ったのはスタートだった。水の外で体勢を整えて手を伸ばし、水に入ろうとするなり彼が注意した。

「腕をあまり伸ばすな。素人に見えるから」

すぐに私は腕を軽く曲げた。ウンイは、慣れれば腕を出す必要もないと言った。

「まずパッと跳んでから、空中で腕を伸ばして水の中に入ればいい」

彼はその通りにお手本を見せてくれた。空中で放物線を描きながら、滑らかに入水した。本当に……美しくてスマートな飛び込みだった。

彼が水の中でお手本を見せるときは、きまってこう言う。

「二人とも。父さんのやり方を見てなさい」

それを合図に、私と弟はゴーグルをかける。彼が泳ぎだすと、私たちは水の中に顔を入れた。水の外からだと彼の腕前がよくわからなかったからだ。その光景を見逃すまいと、息を止めて父を見た。見ているだけの私たちよりも、父はずっと長く息を止めて泳ぐことができた。彼が泳いでいったあとには、波が完璧な形でしばらくのあいだ残って、消える。水を荒立てない身のこなしだった。

彼は潜水士として六年間働いた。潜水士は、水の中でタバコを吸う以外なら何でもできる。地上の工事現場の作業員と同じことが水中でもできる。水の中で様々な任務を遂行できる人々を潜水士、またはコマーシャルダイバーと呼ぶ。

彼らは海辺の水面下に潜って、橋脚や埠頭、港といった大きな建造物を建てる。私たちが知っている水中の構造物の土台と柱はすべて、彼らの作業の成果である。海に沈んだありとあらゆるゴミを片付けたりもする。

発電所というものはすべて水辺に建っている。何かを燃やして発熱するにしても、水力で発電するにしても、発電所には風車の形をした大きなタービンが必要だ。水、ガス、蒸気などを燃料にしてタービンを回すと、電気が生産される。稼働すればするほどとんでもない熱さになり、その熱を大量の水で絶えず冷却しなければならないため、発電所は川辺や海岸に建てられるのだ。

私の父ウンイはもともと潜水士の補佐として雇われた。その職務は「テンダー」と呼ばれる。潜水士が水に入るとき、テンダーは作業船で待機しながら彼らの呼吸状態などを管理する。空気を圧縮して送るコンプレッサーと送気するホースを操作して、水中の労働者に空気がきちんと送られているか常に確認する。少しでも問題が発生すれば、潜水士たちはすぐに溺死するか、窒息死する。

テンダーの仕事をしていたウンイが自ら潜水するようになったのは、当然お金のためだった。潜水士の給料はテンダーの二〜三倍はあった。命の報酬だからだ。その頃ウンイは私たち姉弟を育てながら借金返済のために必死に稼いでいたけれど、足りなかった。泳ぐことに長けていて、様々な肉体労働の現場で経験を積んでいたのもあって、彼はすぐに潜水士になれた。

潜水士たちは、潜水服を着て装備を整えてから、作業船のコンプレッサーとつながっているホースを着用して入水する。ボンベの限られた空気では長時間潜水できないので、水上から送気するホースを装備しなければならない。短くて二時間、長くて六時間、水の中で働く。

私は時間について考える。水の中での時間がどのように流れるのか、想像もつかない。

ウンイは言った。

「その時間はとても寂しくて、怖い」

水の中は寒くて真っ暗闇だ。それから、ありとあらゆる悪臭がする。西海だからだ。干潟のため東海とは違って海水がとても濁っていて、ほとんど視界がきかない。水に入った潜水士が自分の手を目に近づけてやっと見えるかどうかというくらい、視界が悪い。

そんなところでハンマーやシャベル、刃物やのこぎりを使ったり、溶接をしたりするのがウンイの仕事だ。石を運んだり、土を積んだり、コンクリートの構造物を組み立てたりもする。誰もいない寒くて暗い場所で、機械的に単純作業を繰り返していると、頭がぼんやりしてくる。そんなとき、ウンイは必ず考えた。万が一、空気が絶たれたり、何か急迫した事故が起きたりした場合、どうやって水中を脱して水上に上がるか。常に緊急脱出をシミュレーションしておかないと、危急の際に生存できない。

「水中で作業していると、ときどき潜水士たちがパニック状態に陥ることがある」

「どうして?」と聞くと、ウンイは「恐ろしいから」と答えた。

「どんな種類であれ、恐怖だ。怯えるんだよ。本当に空気が入ってこないわけでもないし、何か問題があるわけでもないのに、ただ暗くて寒くて海の中でひとりきりなのがとても怖いんだ。人は気が動転すると呼吸が速くなる。ちゃんと息ができているのに速くなる。息をしながら窒息できるんだ。過呼吸で死ぬこともあるんだよ」

「そういうときはどうしたらいいの?」

私が尋ねると、ウンイが答えた。

「潜水士によってやり方が違う」

「お父さんは?」

「水中で装備を全部下ろす。それから、近くの柱を探す。柱に向かって必死に泳いでいって、全身で抱きつく。腕と足を絡ませて、ぎゅっと抱え込むんだ。愛する人を抱きしめるみたいに。抱きしめながら、父さんはお金のことを考える。半月後に給料が入ってくるんだぞって。そのお金でできることを、ずっとずっと考える」

耐えがたいセリフ

2018.06.04 Mon.

この夏のはじめ、私の頭の中を襲った一曲の歌から、今日の文章を始めたい。退院の手続きを済ませて、母に支えてもらいながら家に向かっているところだった。何日も病院にいたから気づかなかったけれど、世の中はいつの間にかすっかり夏になっていた。エアコンをガンガンに効かせたタクシーの中で、昼時のラジオ番組が流れていた。リスナーからのメッセージがどんな内容でも、信じられないくらい肯定的に締めくくってしまう番組だ。とても気の毒で不幸な話でも、「ということで、みんな頑張りましょう〜」と言って終わった。不幸に耐えるときにそんなコメントでは何の役にも立たない、と母のボキと私は話した。「肯定」という言葉さえ相応しくなかった。私たちが知っている肯定性とは、そういうものではないはずだ。それにしても、どうして昼時のラジオ番組のトーンは毎度こうも変わらないのだろう。世の中には、軽くてありふれた、陳腐な決まり文句に慰められる人がとても多いのかもしれない。

メッセージに続いて、リクエスト曲が流れてきた。サクソフォンの音とともに、聞き慣れたトロットの伴奏が始まる。生まれて初めて聞く歌でも、次の小節のメロディーを予測できるのがトロットの特徴のひとつだった。歌はいよいよクライマックスに向かっていた。女性と男性のトロット歌手がデュエットで熱唱している。

「あ～蜜の～味のような！　あなたの～愛～に～私の人生！を～かけ～たじゃ！ない～」

私とボキは爆笑した。歌詞もメロディーも、なんというか、とても強烈だった。特に「私の人生をかけた」という部分のこぶしの効かせ方は、私たちが思わず舌を巻くほどだった。腕に鳥肌が立った。トロットには驚異的なところがある。なかなか抜け出せないメロディーで聴き手を虜にする。

その歌のせいで私たちは、タクシーを降りるまでクスクス笑っていた。好きでもないのにおかしくて、忘れられなかった。昼間にさわりを聞いただけなのに、夕方になってもその歌が私たちの耳から離れなかった。暇さえあれば、「あ～蜜の～味のような～」と口ずさんだ。そのフレーズが頭にこびりついて、出ていってくれる気配はまったくなかった。

それから二日経ったいま、この文章を書きながら、私はすでに三回以上その歌を口ずさんだ。もっと強烈な歌が現れれば忘れられるのに、蜜の味のようなあなたの愛に私の人生をかけたことを上回るような激しい歌が、まだ頭に浮かんでこない。

歌謡曲ならたいてい耳を塞ぐこともできるけど、目の前でじかに聞くセリフは、よりいっそう困惑する。ある男の子と三回目のデートをしたときだった。二人きりで家にいると、彼が自分のいちばん好きな映画は『7番房の奇跡』だと言ったので、私は軽くシラけてしまった。それから彼がキスし始めたから、映画の好みとかは脇に置いておくことにして、キスをしている彼を眺めた。私の肩や腰をぎこちなく触ってから、彼は上着を脱いだ。服を脱ぐにはなんだか少しタイミングが早かったけど、上半身の引き締まった筋肉が素敵だったから、あえて止めたりはしなかった。そのとき彼が言った。

「スラと……ひとつになりたい……」

私は心の中でうわーっと悲鳴を上げた。私とひとつになりたいなんて、ひとつになりたいなんて……死ぬほど気持ち悪い！　セックスを目前にして聞いた言葉の中で、いちばんひどかった。

「ちがう……ひとつじゃない……」

と言って、私は彼に服を着せた。セックスは未遂に終わり、キスも中断になった。デートもその日で終わった。

あとでこの話を聞いたボキは、なんとも言えない顔をした。「ひとつになりたいって口にしたからって何だっていうの、そんなにも嫌なの」と聞いてきた。私は力強くうなずいて、「そんなにも嫌だ」と言い返した。周りの女の子たちにリサーチした結果、「ひとつになりたい」と言われてセックスを中断しない子は、ほとんどいなかった。「鳥肌が立つほど鬱陶しくて気持ち悪い」というのがみんなの意見だった。

セックス中に聞いた気持ち悪い言葉は他にも、「何も心配しないで感じて」（うえっ）、「すごく痛い？」（ちっとも痛くないし。入ってきたのもわからなかった）、「会えてうれしいよ」（ナイス・トゥ・ミーチュー・トゥ……わかったけど、なんでよりによって今……）、「おまえって女は……まったく……」（うわーっ）などがある。セックス中に良いセリフを言うのは簡単じゃないから、適度にスマートで卑猥じゃないならむしろ黙っていてほしかった。セックスの前後に登場する陳腐な言葉は、パロディーとしては可能性があるようだ。いつだったかユーモアのセンスがある男の子と寝たとき、セックスが終わってから彼がこう言った。

「よ……よかった？」

その瞬間、私たち二人は我慢できずに大爆笑した。「よ……よかった？」と言う彼が、韓国人男性のどのタイプを真似してみせたのか、すぐにわかった。ためらいながらよかったかと聞く顔のおおよその印象が、暗黙のうちに共有されているからこそ成立したユーモアだった。どんなに鬱陶しいセリフでも、滑稽なパロディーだったら耐えられる。

昨年、ファッション雑誌の『コスモポリタン』でポートレート写真を撮った。一ページ丸ごと私の写真とインタビューだ。スタジオに行き、薄い素材のアイボリーのボディスーツを着て、やけに堂々としたポーズをとらされた。ワンピースタイプの水着と同じ形のランジェリーだった。堂々としたポーズで撮るつもりはなかったけれど、カメラマンが何度も「堂々としてみようか」と言うので、とにかくそうしてみた。

数週間後に雑誌を受け取ってみると、オーバーなくらい自信満々に見える私の写真の横に、こんなセリフが大きく書かれていた。

「乳首が浮いて見えると問題ですか？」

「私は誰よりも自分自身を愛しています」

私はそんな言葉を口にしたことはなかった。もちろんブラジャーを着けずに出歩いてはいるけれど、インタビューでそんなことを言った覚えはなく、「誰よりも自分自身を愛している」なんて言葉はなおさら口にしたことがなかった。卑猥だからとか扇情的だからとかではなく、あまりにも大げさなセリフが耐えがたかった。ランジェリーだけを身に着けた私が、自らその言葉を言い放ったかのように編集されていて困惑した。

気まずくて恥ずかしかったけど、乳首の箇所はなんとか我慢できた。でも我慢ならなかったのは、自己愛について言及する箇所だった。記者の質問には、「他人の視線にとらわれずに、自分を愛することができる秘訣は何ですか？」とあった。言うまでもなく、そんな質問はされなかった。もしされていたとしても、そんな秘訣はないから答えられなかったに決まっている。それなのに、誌面では私の答えがこう続いていた。

「たっぷりと愛を与えてくれる家族と友達のあいだで育ってきました」

とんでもないことだった。インタビューの中の私からは自己愛が溢れ出ていて、その自己愛の秘訣を「仲睦まじい家庭環境と友人関係」だと話していた。全部私が言ったことのない言葉だった。記者が私をどんなふうに見せたかったのかは理解できたが、非常に暴力的だと感じた。雑誌はもう書店にずらっと並んでしまっていた。乳首発言および自己愛への言及に関しては身に覚えがなく、記者が裁量に任せて作り出したのだと、私が訂正できる機会はないだろう。

それ以後は、私も最終原稿を一度確認させてもらうという条件付きで、インタビューを引き受けている。

この記事のおかげでしばらくは、友人たちが「ハウ・ドゥ・ユー・ドゥ(乳頭)」と挨拶してからかってきた。乳首のことでからかわれるのは構わないけれど、ある態度について誇張されたり面白おかしく編集されたりするのはとても恐ろしいことだ。

別の雑誌の『シングルズ』は二年前、私のインタビュー記事のタイトルに「二十五歳の大人の恋愛、イ・スラ」と付けた。いったい何の話かと思った。「大人の恋愛」ってなに。また別のSNSコンテンツでは、「日刊イ・スラ」に関するインタビューの下に「ストーリーで共感を生み出す」というハッシュタグが付けてあった。非常に危険だと思った。この連載によって共感を得ようという意図はないからだ。そう仕組んでできることではないし、「共感」という言葉をむやみに使いたくもない。私の話に人がたやすく共感してくれるなんて錯覚したくはないし、私だって常に共感したいわけではない。共感能力を誇示する人たちは本当に胡散臭い。共感が生まれるのがどれほど稀で、どれほど貴重な瞬間なのかを知っているからこそ、「共感」を乱発するのが恐ろしい。それなのにそのインタビューでは、「ストーリーで共感を生み出す」と私自身の口で宣伝しているみたいで、とても恥ずかしかった。ハッシュタグを消してほしいとお願いしたけれど、そうなるとインタビュー自体を丸ごと削除しなければならないと言われて、そのままにした。

こんなことは一度や二度ではない。穴があったら入りたくなるような、鳥肌の立つセリフや文章に出会うと、私は大笑いしたり、真顔になったり、手を振って拒絶したりする。そういう言葉は勘弁してほしい、どっか行ってくれと言わんばかりの表情で相手を眺める。嫌いなものが似ている人たちに出会うとうれしい。気持ち悪い言葉を並べ立てながら、一緒になって手を叩いて笑うのは痛快だ。でもそうやって、私にはどんな言葉が残るだろう。どんな言葉を使って生きていけばいいだろう。

昨日見た映画『セリーナ 炎の女』には、ジェニファー・ローレンスが出ていた。美しかった。ただ立っているだけでもうっとりするのに、あの体で上手に馬に乗り、上手に木を切り倒し、鷲も上手に手なずけ、蛇も上手に捕まえて、おまけに事業も行なう。映画の中の彼女は一貫して、威風堂々としていて多才だった。それなのに彼女は、世の女性たちを一括りにして自分と対比させて、何度もこんなセリフを言った。

「私はそんな女じゃない」(I'm not that kind of woman.)

以前なら大抵のことはやり過ごしていたけれど、昨日見た映画のそのセリフには何度も引っかかった。

「そんな女」とは、どんな女たちのことを指すのか。

馬を乗りこなして力強く木を切り倒し、鷲を手なずけて蛇を捕まえ、したたかに事業を伸ばしながらも、自分と「そんな女たち」をあえて区別しないセリフならよかったのに。少しも嫌悪感を抱かせることなく、物語を完成させられるのだろうか。無害な言葉で作られた素敵な物語、それでいて、すごく面白かったり悲しかったり、美しかったりする物語を想像する。

未完成の歯　2018.06.27 Wed.

私を好きな人たちは、私の八重歯を短所だとは思わなかった。短所どころか、形がとても美しく、唯一無二だと繰り返し言ってくれた。そんなやさしい言葉に寄りかかって何も気にせず生きてきたが、顎が痛くて歯医者に行った二十四歳のある日、私は突然歯列矯正を決意することになった。八重歯があると隅々まで完璧に歯を磨くのが難しいうえに、上下の歯がしっかり咬み合わない不正咬合のせいで、顎の痛みが一層ひどくなり心配になったからだ。その頃には、矯正治療の費用を分割で払えるだけの月収を少しずつ稼ぎだしていた。

矯正初日には、歯の形を記録するために型を取って、顎関節を正面と左右両側からレントゲン撮影した。ゼリーのようなものを口の中いっぱいに入れて撮る、珍しい撮影技法だった。赤裸々に映し出された私の歯の構造が滑稽に見えた。そこに銀色の矯正器具を装着したらもっと滑稽になるのは明らかで、どういうわけか私は、矯正人として過ごす一年半のあいだに恋人を失うだろうと予感した。キスをするたびに、冷たくて硬い金属の感触が伝わってしまうのではと心配だった。その他の様々な行為にも制限ができると思われた。矯正器具を上の歯と下の歯にきつく装着した日はすごく憂鬱で、この世としばらく断絶したかった。

以後、どんな人とも食事の約束を避けるようになった。キムチチゲを食べると、銀色の矯正器具の隙間に細かくなったキムチと豚肉、米、豆腐の欠片がぎっしり挟まっていた。ツナキンパのような、いろんな食材を混ぜ合わせたものを食べると、さらに深刻だった。海苔とキュウリ、ニンジン、レンコン、たくあん、ツナ、エゴマの葉、米、玉子といった具材がまんべんなく入っているからだ。誰かと一緒に食事しているときはできるだけ話をしないようにして、必要なことは口元を隠したまま話した。口元を隠さずに話しても大丈夫なのは、母と父と弟くらいだった。他の人とはもっぱらコーヒーの約束だけだったが、それはそれで良いことも多かった。アメリカンコーヒーは三千ウォンから六千ウォンのあいだだったから、誰と会ったとしても致命的な支出を免れた。炭水化物の摂取による満腹感のせいで、だるくなったりしないのも良かった。一人の食事は休憩時間になった。本を持って店に行き、ご飯を食べ、そのあとはすかさず足早にトイレに向かい、念入りに歯を磨く日々が続いた。それから三週間に一度、歯医者に行った。

歯医者は狎鴎亭（アックジョン）駅の近くにあった。知人の薦めで選んだところだ。ふだん狎鴎亭駅で降りることはそんなにない。その歯医者は病院なのに、ちょっとしたサロンみたいだった。

ロビーには各界各層のさまざまな人たちが待機していて、医師と看護師たちは熟練した態度で患者に接していた。性別、年齢、職業、住んでいるところによって少しずつ言葉を使い分けているようだった。その中で私は、医師と看護師全員から適当なタメ口を使われる、麻浦区に住む二十代半ばの女性だ。私は歯医者に行くたびに言われた。「スラさん痩せたね」「ラインがまたきれいになった」「顔が整ってきてる」。そうした言葉はうれしくも悲しくもなかった。ただ、私の印象が少しずつ変わってきていることは、鏡を見ればわかった。贅肉がすっかり消えて、顔の一部がシャープになった。定期的に歯医者に通って歯と歯茎をしっかり管理してもらっていたら、なんだか少し身分が上がったような気分になった。

この満足感を弟のチャニにも味わってほしくて、思いきって彼も矯正させることにした。私たちの口元と歯の形は驚くほどそっくりだ。八重歯が二本、まったく同じ場所に生えているので、私たちがにっこり笑う姿を見れば、姉弟であることは一目瞭然だった。チャニは私に勧められるままにうっかり矯正を始めた。少しずつ歯が整ってくるうちに、彼は私により一層親切になった。お金ってとても良いものだなと思った私は、もっとたくさん仕事をしたくなった。チャニは自尊心と自負心が強いけれど、私が善意で何かしてあげようとすると、快くその機会を与えてくれた。彼は私に言った。

「スラは収入が増えたのを自慢したくて俺にお金を使ってるみたいだけど、そういう自慢なら歓迎するね」

三週間に一度の歯医者の日になると、チャニはトラックを運転して家の前まで私を迎えに来た。私は毎月二人分の矯正費を分割で払いながら、彼のトラックに乗って歯医者に通った。チャニは私より一歳年下なのに、なぜか医師と看護師は彼にはよく敬語を使った。腕と胸をぎっしり埋め尽くしているタトゥーのせいかもしれなかった。一筋縄ではいかなそうな印象のせいかもしれなかった。でなければ彼が男だからかもしれないし、あるいは私より口数が少なく見えるせいかもしれなかった。

とにかく、矯正のついでに弟と定期的に会える楽しい日々だった。両親に「ありがとう」と言われた。私が自分と弟のために大金を使ったからだ。二〇一六年になると、私たちの矯正治療は徐々に終わりに近づいていった。

矯正器具を外すとき、医師は私にラミネート施術を強く薦めた。私の歯の大きさが成人にしては小さすぎるので、前歯にラミネートの板を貼り付けて歯を大きくしたほうが良いということだった。私はラミネートが何かもわからないうえに、矯正した歯の形だけでも十分に満足だったから断った。それなのに、歯医者に行くと医師は毎回、絶対にラミネートをしたほうが良い理由を並べ立てた。やったのとやらないのとでは全然違うから、とも言った。自分の口の形をそこまではっきりと変えるべきなのか疑問に思ったけれど、その医師によると、ラミネート施術をしないと矯正が完成しないらしかった。歯が安定して、見た目もずっと良くなるという話だった。

「そういうもの？」と、気持ちが少し傾いたとき、医師はラミネートのセラミック制作者を私の前に連れてきた。中年の男性だった。彼を前に立たせてから、医師は私に笑ってみるように指示した。歯を見たいのだろうと察して、口を横に大きく開けてみた。ラミネート制作者はにやりと笑うと、首を左右に振った。

「しなきゃ、しなきゃ」

横にいた医師は、「ほらね」と重ねた。

そんな話を目の前でされたからか、急にラミネートをしないといけないような気がしてきた。

結果、合計四本の歯に一本あたり数十万ウォンの施術を受けた。歯の一部を削ったあと、元の歯と似た色の滑らかで硬い材質のものをくっ付ける方法だった。施術中は少しだけ後悔していた。ひどく痛くて、冷たくて染みたからだ。歯をわずかに削るだけなのに、こうも大変なのかと思った。数回にわたる施術が終わり、彼らの言う「完成された歯」を私は手に入れた。

数日後、カフェでサラダを食べていたら口の中でバキッという音がした。口を開けて見ると、その皿の上に歯が落ちていた。数日前に貼り付けたばかりのラミネートの歯だった。それが取れると、少し削った状態で残されていた本来の歯が、どうにかなりそうなくらい染みてきた。削られた歯はひどく脆弱だから、口を開けるだけでも震えるほどだった。口の中に真冬の風が入ってくるたび、ビリビリするような痛みが顔の下半分を揺さぶった。両手で口を覆ったまま歯医者に行った。医師と看護師は私の歯を見て、硬いものを食べたかと聞いた。私は、雑穀のお粥を食べていただけだと正直に答えた。彼らは首をかしげた。そんなはずはない、という顔だった。新しいラミネートを作るには一週間かかるから一週間後また来るように、と医師は告げてマスクをくれた。マスクを手にして歯医者を出ると、冬の風がまた口の中に吹き込んできた。歯がすごく染みて、勝手に涙が出た。

マスクをして家に帰る途中、両親に電話をした。当時私たちは遠く離れて暮らしていた。一部始終を伝えると、とても驚いて悔しがった。明日すぐにでも歯医者に一緒に行こう、と言った。しかし翌日は歯医者の定休日だった。落ち着かない気持ちと苦痛の中で一日待った。そうしているうちに、歯がもう一本取れてしまった。脆弱な歯が二本もむき出しになったまま、うんうん苦しんでいたが、日が昇るとすぐに家を出た。ウンイとボキが迎えに来た。狎鴎亭の歯医者に行くために、両親は丸一日店を閉めてソウルに来るはめになった。

私たち三人がこわばった表情で歯医者に入っていくと、デスクにいた看護師の顔がさっと硬直した。普段ならサロンのマダムさながらに、おしゃべりの中心にいたはずだ。ウンイが彼女に聞いた。

「ラミネート施術の責任者はどなたですか?」

看護師は大慌てで医師を呼びに行った。しばらくすると同じく大慌てで医師が私たちの前に現れた。医師は急いで私たち三人をカウンセリングルームに連れていった。ロビーで口論になると、他の患者がこの医療事故に気づいてしまうからだ。

ラミネート施術がなぜこうも適当なのか、ウンイは医師に問いただした。医師は言葉を詰まらせながら、ああだこうだ返してきた。自分でもよく理解できていないといった面持ちで、こんなことは初めてだ、とも言った。見ると医師の手がぶるぶる震えている。もしや私の両親が騒ぎだすのではないか、かなりの補償金を要求するのではないか、と気が気でなかったのだろう。けれど、私の両親は大騒ぎするほど気が強くなかった。横にいたボキは医師に向かってしどろもどろに文句を言った。

「娘が自分の力で一生懸命稼いで、自分と、それに弟にも矯正させてあげるんだって歯医者に行くたびに、私はただただありがたいなって思ってました。私が補ってあげられないのが申し訳なくて……ですがこんなに危険な施術を受けて自分の歯を削ったなんて、夢にも思いませんでした。この施術がこんなにも粗末で、よく落っこちると知っていたら、私は止めたと思います。歯は絶対に、二度と生えてこないじゃないですか。一生永久歯で生きていかないといけないのに、あんなに施術を薦めておいて、勝手に削って、すぐ欠けるニセ物の歯を付けておくなんて……もう本当に驚きました」

ボキを見ようと右を向くと、彼女の首の周りが真っ赤に染まっていた。声は大きくなかったものの、本気で興奮していた。

一方、左側にいるウンイはこう尋ねた。

「それで、どうするつもりですか？」

左にいる父親と右にいる母親はあまりにも温度差があったが、二人がこの状況をストレスに感じているのは同じだった。私は二人のあいだで、口の痛みに耐えながら座っていた。医師の瞳孔は揺れて、手も震えていた。

長い話し合いの末、医師は私たちに施術費を全額返すことになった。金銭的な補償がその程度で合意できて安心した様子だった。両親は施術費の返金以外の補償は要求しなかった。それが問題ではなかったのだ。新しいラミネートを付けるには、元々あった歯をもう少し削る必要がある。それでも施術し直したラミネートがいつまた落ちるかわからないし、また落ちたら歯の削除量はさらに増すだろうと思われた。ラミネートはこんなにもお粗末な施術なのに、元の歯をすでに削ってしまった以上、やらないという選択肢は残されていなかった。

ひどい痛みの中で、二度も施術を受けた。もう剝がれたりしないようにと祈りながら生活した。本当にとてつもなく痛かった。

それなのに数日前、ご飯を食べていると口の中でまたバキッと音がした。鏡を見たら歯が欠けていた。

私は両親と一年ぶりに再び狎鴎亭に向かった。歯医者の前に到着すると、ウンイは怒りだすかもしれないから外で待っていると言った。怒らないようにボキと事前に約束していたのに、ウンイは自信がなくなったのだろう。ボキと私は医師と看護師に丁寧に挨拶をした。ボキが医師に用心深く聞く。

「あの……歯がまた欠けたんですが……これ、本当にどうしたらいいんでしょう……?」

すると医師はすぐさま癇癪を起こした。自分は何千回もラミネート施術をしてきたが、こんなケースはたったの一度もなかったとボキに言い返すと、私を見てこう重ねた。

「こんなことはあなたにだけ起こったんだ。あなたにだけ」

「先生のお言葉だと、この子のせいだということですか？」

「私の過ちだとも言えないんじゃないですか？」

看護師は、医師と私とボキを急いでカウンセリングルームに入れた。ロビーにいる人たちにこの騒ぎを見せないためだ。医師は座るやいなや、自分のせいではないことを声高に説明し始めた。どれだけアフターサービスに力を注いでいるか、善の施しみたいに話した。

「人間的に、私たちは本当に人間的に、補修してさしあげているんです」

ボキは呆れてものも言えないという感じだった。私は携帯電話をそっと取り出してウンイに電話した。

「お父さん、上がってきたほうがいいかも」

「わかった」とウンイは答えた。

医師は興奮し続けて、ほとんど怒りに達していた。自分の施術に問題はなかったという言い草だった。「法的に」あるいは「専門的に」考えてみても、自分には胸を張れないようなことはひとつもない、と反論した。当惑していたボキは、呆気にとられて言った。

「そんなに問題ないなら……いったいどうして歯が何度も欠けるんですか……弱すぎる材質を使ったのは先生のミスではないでしょうか？」

すると医師がまた大声を出した。彼はボキの話をまったく聞いていなかった。彼にはボキの言葉が言葉ではなく、ただの音に聞こえているのだ。私は彼を見た。

「先生、私たちは喧嘩をしに来たのではなくて、治療を受けに来たんです。歯が欠けてしまったので」

医師は私に怒りをぶつけた。

「あなたいくつなの？　自分で話せないの？　どうして来るたびにお母さんとお父さんを連れてくるの？」

私は医師をじっと見つめた。彼の手が激しく震えていた。

そのときわかった。この人はいま、怖がっている。怖くて大声を出している。怖がりの犬が人を嚙むみたいに、相手が自分を制圧する前に必死にあがいているのだ。だけど医師は、患者やその親が怖いからといって、大きな声を出す人であってはいけない。

外にいたウンイがカウンセリングルームに入ってくると、医師の声が静かになった。なんとなくおとなしくなった。私は医師に言った。

「先生、どうして興奮するんですか。ただ歯が欠けた理由を聞きたいだけなんですが」

医師はしばらく目を伏せていたが、昨年私の両親が来て以来それがトラウマになった、だからその点については申し訳ない、と詫びた。

左側に立っていたウンイが尋ねる。

「それで歯はどうなるんですか？」

今日どんな修復施術をするのか、医師が説明し始めた。最小限の損傷で修復するということだった。それもやっぱり信じられなかったけれど、他に方法がなかった。彼の手は震えたままだった。こんなに手が震える人に、私の歯を任せていいのか不安になった。

こんなに情けない男に、私の大事な一部を任せているということが、気持ちを落ち着かなくさせた。

カウンセリングルームを出て、私は治療用の椅子に横になった。震えが収まった手で、医師が私の歯を補修した。いつまた欠けるかわからないけれど。口を開けて横になったまま、永久歯について考えた。どうして人間の歯は生え続けないのだろう。サメのように、あるいは馬のように、歯が抜けても生え続けて成長したらいいのに。もしかしたらその理由は、私たちが容赦ない肉食動物じゃないからだろうか。歯が生存を左右しないからだろうか。だから私たちは、ひどく残酷にはなれないのだろうか。違うかも。歯を使わなくとも、無残に噛みちぎる方法はいくらでもある。歯医者での揉め事を早く忘れたくて、ウンイとボキに歯とは関係ない話をしながら家に帰ってきた。

わが家のマニュアル

2018.06.29 Fri.

ドイへ。

荷造りしながらドイに手紙を書くよ。締め切りが目前に迫ってからやっと文章を書き始めるみたいに、私は旅行の前日になって何を持って行こうかなって、のろのろとスーツケースを引っ張り出す。五週間の海外滞在には何が必要かな？　ドイはよく知ってるでしょ。十代の頃、旅行学校に通ってたもんね。泊まるのも慣れてたけど、出発の準備にも慣れてた。

短い外出でも長い旅行でも、家を出るときにドイがいつも完璧に荷物を用意するのを知ってる。備えあれば憂いなしのアイコンみたいなドイ。几帳面で真面目なドイ。もしドイになかなかロマンスがやって来ないんだとしたら、それはドイの日常がぎちぎちに詰まってるからか、バッグの中が完璧だからかもしれないねって、私と友達はからかった。ゆるかったりだらしなかったりする人って、その隙がときに甘い偶然の瞬間を引き寄せたりするから。

だけどドイ、私たちは知ってる。自分を大切にする人は他人も大切にするってことを。

二人の長い友情の中で私の心がいつも平穏だったのも、それがあるからだよ。友達であれ恋人であれ、どんな関係であろうとも、自分や周りに気を遣える人だけで集まるとき、私は大きな安堵感に包まれる。お互いの隙間や穴ぼこ、欠乏や苦痛から目をそらさないことも愛の一部だって知ってるけど、他の誰でもないドイだからこそ、一カ月以上家を貸しても私は安心していられる。振り込んでくれた家賃は確かに受け取ったよ。支払日に大家さんにきっちり送金しとくね。

明日荷物を持ってくるんだっけ。ボキがドイのために、からし菜キムチと大根葉キムチを冷蔵庫に入れといてくれると思う。ピリ辛でおいしくてさっぱりしてるから、ご飯食べるときに添えるといいよ。

衣装部屋に荷物と服を入れる収納スペースを作っておいた。ハンガーと収納ケースの引き出しはたっぷり空けといたから遠慮なく使ってね。ケースの一段目に詰め込んである服は、着ないから持ってってもいいよ。もしくは木洞（モクドン）の塾の子たちが遊びに来たときにあげちゃってもいいし。

何週間かタムと一緒に過ごすことになるわけだけど、まずは、私の猫の面倒を見てくれてありがとうって、先に言わせて。ドイは愛犬のルーを十年以上飼ってたから、動物と一緒に住むってどういうことか私よりよく知ってるよね。愛犬家は愛猫家よりもマメにならざるをえないと思う。猫より犬のほうが手のかかる動物だから。

にもかかわらず、タムは手のかかる猫なんだよね。なぜって、愛が溢れてるから。愛に溢れてるってことは、与える愛に満ちているってことでもあるけど、渇望する愛の量が多いってことでもある。暇さえあればやって来て、愛嬌を振りまきながら自分の頬とお尻をなでてくれって言うはず。そしたらその都度、タムの名前を呼びながら触ってあげてほしい。

玄関のドアを開けるときは、タムが外に飛び出さないように気をつけてほしい。一目散に駆け出していくからさ。でも、ほんとに出てったらどこに行くかわかんない。ずっと家で暮らしてたから外が怖いみたい。そんなときは、ドイが走ったり大声を出したりしないことが肝心。誰かが後ろから騒々しく走ってくると、タムはひとまず逃げ出しちゃうから。ただ落ち着いて「あいつめ、出てったな」って、毅然としてあとをついていってね。まるでタムの付き添いで散歩するみたいに。そしたらどこかで背中を擦って横になってるだろうから、その隙にそっと抱いて、また家に連れて帰ればいい。

タムの餌は衣装部屋の収納ケースの六段目にあるよ。一日に食べる量の基準は赤いヘラで一杯分だから、それを適度に二～三回に分けてあげればいい。たぶん、冷蔵庫の前でしょっちゅう「ニャオン」って言うと思う。それは、冷蔵庫の中にあるマグロのおやつをくれって主張してるんだよ。鳴くたびにあげてたら肥満になるから、マグロは一日に二回までにしてね。一度にティースプーンで一杯くらいあげればいいよ。水の器は二日に一回、浄水器の水で取り替えてほしい。

毛をとかすブラシは餌の引き出しにある。気が向いたときにブラシの薄い部分でとかしてくれるとうれしい。季節が変わると毛も生え替わるから、たぶんたくさん毛が抜けるはず。タムが毛をとかしてもらうのが大好きでよかったよ。フンやおしっこは二日に一回片付ければ大丈夫。キッチンの下の引き出しから透明な袋を出して、玄関の外の左側のドアを開けると、そこがトイレ。猫砂と一緒にフンを取って袋に入れて、一般ゴミの袋に捨てといてね。

そうならないよう願うけど、もしもタムになにか問題が起きたら、コンビニの向かいにある「パク・ヒョリくん動物病院」に連れていってほしい。獣医さんの名前がパク・ヒョリなのかと思ったら違った。彼女の犬の名前がパク・ヒョリなの。とにかく、親切でさっぱりした先生がいる病院だよ。

タムの話はこのくらいにして、次の生き物の話にいくね。

毎週日曜日は、植木鉢に水をあげる日。植木鉢は全部で十鉢くらいあるんだけど、トイレにみんな連れてって、シャワーでジャバジャバ水をあげてほしい。書斎のドアにかかってる三種類の植物は週に二回、シンクのステンレス皿にドボンと浸しておく。半日以上浸しておいても大丈夫。その子たちには水がたくさん必要だから。

猫もいるし、植木鉢も多い家だから、全然怠けられないね。仕事を与えて申し訳ないけど、ドイの好きな仕事だとも思う。

ねえドイ。今年ももうすぐ望遠（マンウォン）プールがオープンする。目と鼻の先に屋外プールがあるから、私はこの街が好きなんだ。平日の昼間に何度も遊びに行ってほしい。

飲み水は冷蔵庫の横のブリタの浄水器で濾（こ）した水を飲んでね。浄水器の上に新しいフィルターをのせておいたから、取り替えてきれいな水を飲むといいよ。香辛料と基本食材は食器棚に入れておいた。お茶の種類もいくつか用意してあるよ。あと、私の衣装部屋にかかってる服は何でも気軽に着ていいからね。寝室には布団がいっぱいあるから、お客さんを連れてきて泊めてもいいし。私のベッドカバーにはタムの毛が付いてるから、その上から自分用の布団カバーを敷いて寝ることをおすすめします。

水切り袋とゴミ袋は、ガスレンジの横にある。物干しは場所を取らないように天井に取り付けておいたから、干しやすいと思う。ティッシュと洗濯用洗剤はちょうどなくなったところだから、要る分だけ買ってきてほしい。ソファカバーはドイが来る直前に洗濯しといたよ。必要なら掛けて使って。書斎にある化粧品やローションは必要だったら当然使っていいし、必要ならコンドームだって使ってもいいから。サイズ別に用意してあるし。私の水着とかゴーグルとかシュノーケルとかも使っていいよ。この家の消耗品は全部遠慮なく使ってよね。

望遠市場で肉を買うなら、入口から二番目の店がおいしいよ。ハーモニーマートより望遠市場で買い物するほうがいいと思う。コーヒー豆を買うときは、うちの隣にあるPPコーヒーがおいしいから参考までに。ひとりでお酒を飲むときは、ノクターンっていうバーに行くといいよ。

わかってる。ここに書いたことを全部省略したって実際にドイはうまくやれるって。もしかしたら、私がいるときより植木がもっと生い茂って、タムに肉がむっちり付くかもしれない。ドイは私以上に頼りになることが多いからさ。

私はドイじゃなくて私自身が心配。ねえ、ドイ。海外で五週間、何事もなく過ごして帰ってこられるかな？

でも、絶対無事に帰ってくる！

私にはこの家が居心地よかったから、ドイに合った居心地のよさが見つかるといいね。そしてそれが続くことを願っています。ひとりの良さを実感できる五週間になるように。ドイは望遠洞で、私はヨーロッパで、それを学んでみよう。それと、体には気をつけよう。

なるべくなら悲しむことのないように。もし悲しくなっても、涙を我慢しないように。
私の家をよろしくね。愛をこめて、イ・スラより。

産婦人科

2018.08.24 Fri.

ときどき頭をよぎる理論がある。一部の進化心理学者が主張している説らしいが、多くの学者が否定している理論でもある。たとえばこういうことだ。

ある研究によると、古代の狩猟採集民の女性たちは、妊娠中であればあるほど多くの男性と性的関係を結ぶように努めたという。当時の人々は、子供ができるのは一人の男性の精子からではなく、複数の男性の精子が子宮に蓄積するからだと信じていた。現代の発生生物学が発達する前は、一人の男性によって子供が生まれるのか、それとも多くの男性によって生まれるのかを判別する確かな証拠はなかった。遠い昔の女性は自分の子供が、最高の狩人だけでなく、最高の語り部、最強の戦士、そしてその他の多くの男性の優れた資質をすべて受け継ぐように、妊娠中も活発に性交をしたということだ。この論争的な理論はユヴァル・ノア・ハラリの本『サピエンス全史』で述べられている。

どのくらい信憑性の高い話なのかはわからないが、この説を目にするたびに愕然とすることがある。この理論の中の人々は、その考え方にかなり肯定的だからだ。複数の男性の、最悪な気質だけを受け継ぐ可能性については心配しなかったのだろうか。

とにかく、今のところ誰の遺伝子とも結合したくないので、私は避妊をして産婦人科に通っている。近所の産婦人科に行くと暖かい色の照明が点いていて、穏やかなクラシック音楽が流れている。ロビーのソファには女性たちが座っている。ごくたまに女性に付き添って男性が座っていることもあるが、彼らは総じてどことなく落ち着かないような表情をしている。なんだか張り詰めた、罪を犯したような顔だ。

ソファの向かい側には、受付と支払窓口のカウンターがある。受付カードに私の個人情報を記入して、症状や検査したい項目を書いているあいだ、看護師は私に前回の生理開始日を聞いた。私が日付を答えると、彼女はこう質問する。

「いちばん最近関係なさったのはいつですか？」

初めて聞かれたときは、とても戸惑ってしまった。正直に言うなら「今朝」と答えるべきだったけれど、ちょっと恥ずかしくて「昨夜です……」と言った。今になって考えてみると、今朝したのも昨晩したのもごく最近という点においてはまったく差がないのに、なぜそう答えてしまったのかわからない。小心者は嘘のスケールもこんなに小さいのだ。できれば最後にセックスした時期は紙に書いて出したいのに、私が通っている産婦人科はロビーでいつも口頭で聞いてくる。

ロビーで少し恥ずかしい思いをするけれど、それでも私はこの産婦人科に通っている。医師がとても親切で、この半年間の私の子宮と卵巣と膣の状態が詳しく記録されているからだ。産婦人科の検診台は悪名高い。足を大きく広げて股を丸見えにする構造だから、座るたびに気まずさを感じる。こんな姿勢で対面するのはこの世に一人だけで十分だから、この産婦人科の先生を私の主治医にしよう、と心に決めた。こんな私の決心を彼女はまだ知らないはずだ。

ここで様々な検査と診療を受けた。子宮頸がん検査、性病検査、膣炎検査、子宮超音波検査、膀胱炎治療など。そして各種避妊法に関するカウンセリングも受けた。コンドームだけでは安心できないし、避妊薬を服用すれば救急外来に運ばれるほど副作用がひどかったのだ。

「すごく面倒ですよね？」

先生はやさしく聞いてくれて、私は強くうなずいた。

「はい！　面倒で負担に感じます」

私たちはコンドームでも避妊薬でもない避妊法を探してみた。先生が私に提案してくれたのは、皮下埋め込み型避妊具だった。

「埋め込み型避妊具を挿入すると喫煙できませんが、大丈夫ですか？」

「いえ……大丈夫じゃなさそうです」

先生はさらに悩んで、子宮内避妊具を提案してくれた。子宮の中に避妊器具を入れて、受精卵が着床するのを防ぐ避妊方法だった。喫煙者でもできる。

家に帰って子宮内避妊具について勉強してから、いろんな口コミを読んでみた。ボキ、ウンイ、恋人と十分に話し合ったあと、施術を受ける決心をした。施術費は安くはなかったけれど、今後三年間、妊娠する可能性について不安がなくなると思えば、納得して払える金額だった。

施術を受けることにしたある春の日、恋人と一緒に産婦人科に行った。またしてもロビーで最後のセックスはいつかと聞かれ、今度は嘘をつかずに答えた。ソファに座って私の名前が呼ばれるのを待っているあいだ、恋人は水を持ってきてくれたり、手を揉んでくれたりした。彼は私よりも表情が硬くなっていて、施術がとても痛いんじゃないかと心配しているようだった。診療室には一人で入った。私は先生の手を取った。

「できるかぎり痛くないように入れてください！」

「わかりました！」と先生が答えた。いつも通り、恐ろしい検診台の上に座ってM字型に足を広げた。

たった二分の施術だった。短くて簡単な施術だったが、T字型の小さな器具を膣から子宮まで深く挿入するその過程は、一言で言うと死ぬほど痛かった。あんな痛みは生まれて初めてだった。世の中には本当に多種多様な苦痛がある。気楽なセックスのためにこれだけの苦痛と費用を甘受する私は、やっぱりどうかしているのではと思った。

「本当によく頑張りましたね。お疲れさまでした」

先生が施術用の手袋を外しながら言った。

ロビーによたよたと歩いていくと、顔に焦燥感を漂わせた恋人が立ち上がった。薬を処方してもらって、彼の手を握って家に帰った。体が回復すると私は叫んだ。

「もう何年かは誰も私を妊娠させられない！」

話を聞いた女友達はうらやましそうな顔をした。

「あんたもう無敵だね！」という言葉も付け加えた。

妊娠の可能性を遮断できたことがうれしくて、私は医師に何かプレゼントしたくなった。本屋に行って、私が好きなイラストエッセイを選んだ。『愛は血闘』というタイトルだ。その本には私が知っている恋愛の密やかな場面がたくさん描かれていた。産婦人科で先生と私は、恋愛や愛の話じゃなくて膣と子宮について話し合うけれど、その大方の理由は、この本に描かれた血闘さながらな愛の場面のせいだと思う。本を買って先生にメッセージを書いた。産婦人科の医師に手紙を書くのは生まれて初めてで、なんて書けばいいかよくわからなかった。彼女が私にしてくれたことを思い出しながら、短く綴った。

先生、私の膣と子宮、卵巣を診察してくださり、やさしく相談にのってくださったり、検査と治療をしてくださったり、子宮の中に器具も挿入してくださり、ありがとうございました。これからもよろしくお願いいたします。元気でいてください。私も元気でいます。

晩春のランチタイム、デリバリーされたチゲの匂いのする先生の診療室で、本とカードを渡した。先生はとても驚きながら、それを受け取った。彼女はすぐに本を開いて、じっくり読んでからこう言った。

「このマンガはとても悲しいですね……!」

その瞬間、なんだか安心した。この作品の悲しみを一瞬で理解できる人が私の産婦人科の主治医だということがうれしかった。恋人は変わっても、主治医は変わらないだろうという予感がした。

取扱注意

2018.08.27 Mon.

四人が円になって座った、薄緑色の食卓を憶えている。私の友人、ウルの家だった。友人のリュウとドルフィン、そして私がそこにいた。ウルがとろとろに煮込んでおいてくれた鶏肉のシチューを分け合って食べながら、夜を過ごした。久しぶりに会って近況報告する集まりだった。

四人ともみな過ごし方は違っていたが、文章を書き終えたり、書いていたり、書く予定だったり、という点が似ていた。文章の種類、分量、頻度、スタイルはばらばらだった。私たちの中で詩を書いているのはドルフィンだけだった。詩についてあまり知らないリュウとウルと私は、ドルフィンにあれこれ質問した。ドルフィンが受けている詩の授業と、そこに集まってくる詩について。ドルフィンの話を聞いていたら、詩というものが何なのか、ますます曖昧になり、だからもっと知りたくなって、いつか書いてみたいと思うようになった。

するとドルフィンが「いま詩を書いてみよう」と言いだした。テーマをひとつ決めて、リュウとウルと私がそれぞれ詩を即席で書いてみることにした。

でも、私たちは始める前から疲れてしまった。書けなかったらと心配しすぎたのだ。誰かが傑作を書いてしまう可能性を防ぐために、即興で詩を書く時間を十分に制限しようと提案した。十分なら、どんなにでたらめな詩でも許されると思ったからだ。

私たちのうちの一人が提案したその日のテーマは「開眼」だった。開眼だって、開眼って……目を開く……悟る……視力を取り戻す……うーん……どうしよう……何を書こうかな……。私たちが緊張した面持ちでメモ用紙とボールペンを準備すると、ドルフィンが時間を計り始めた。

お互いの長い文章は日頃から読んでいたけれど、詩を見せ合ったことは一度もなかった。完成した文章を読んだことはあっても、文章を書く過程は目にしたことがない。大人になって初めて、詩を書く姿を晒し合っている最中だった。どきどきして困った。リュウとウルと私は、眉間にしわを寄せる。頭をひねって何かを書いている私たちの様子を、ドルフィンは微かな笑みを浮かべて見つめていた。

十分経った。終わるのが恐ろしい十分で、終わってうれしい十分だった。

リュウが最初に朗読した。

(十分でこんなの書くなんて。なんなの!)

聞き終わって、拍手をしながら思った。

次はウルが朗読した。

（なによ、こっちも憎たらしいじゃない！）

拍手をしながらため息が出た。

最後は私の番だった。

十分間、一人の人しか思い浮かばなかった。物語を聞いたり見たりするときは泣かないのに、物語のあらすじを誰かに伝えるときに必ず泣く人。歌を聴きながら泣いたことはないのに、歌いながら泣く人。

題名を言うときに声が震えて、自分で書いた詩を自分の口で読むのは幼稚園以来だと気づいた。

「取扱注意」

きみは生まれてみたら　レンタルビデオ屋の息子だったから
映画で人生を予習した　映画が教えてくれる世の中は　興味津々で
危険千万だった

もうきみは　大抵のことでは驚いたりしない大人
映画を観て泣いたことは一度もない
殴られて泣いたことも　貧しくて泣いたことも
捨てられて泣いたことも　ヒッチコック　タランティーノ
ゴンドリー　ジム・ジャームッシュ　イニャリトゥ　アルモドバル
残忍であっても　悲しくっても　恐ろしくっても　きみはいつも
優雅な観客

映画の話を聞かせてとせがむと　きみはギャング映画のトム・ハーディを
真似る
彼は鼻血を流しながらこう言う
俺は本当はとても脆いんだ、って
アイム・ソー・フラジャイル
フラジャイルと発音すると　きみは
突然おいおい泣いた

読み終えると、みんなが拍手してくれた。拍手といっても三人だけだから、その音は大きくなかった。なんだかすっきりして、ウハハと笑った。

私たちが書いたものが詩と呼べるのかはわからないけれど、十分間で何かを書くのは照れ臭くて、清々しくて、気分がよかった。詩に対して努力したことのない私たちが、初めて詩に似た何かを書いてみた日だった。散文を書くときは気楽に足していた言葉を、詩を書くときはたくさん引かなければならないのが難しかった。何度も引き算したあとに残ったものが、本当に必要な言葉なのかもわからなかった。

感想を語るドルフィンの声を聞きながら、私はお酒を一気に飲んでしまった。ドルフィンが何と言ったのかあまり記憶になく、ただ優しい声だけが頭に残った。ドルフィンと頻繁に会っているうちに、詩のようなものを何編か書いてみる勇気が出るのかもしれない。

そのあと、ドルフィンのバッグから出てきた詩を三つ聞いた。私たちが書いたあとでよかったと思った。書く前に聞いていたら、気後れして一文字も書けなかったはずだ。ドルフィンの詩が収められた詩集に本屋で出会う未来を予感した。

依然として詩が何なのかはわからないけれど、ときどき、十分で詩を書こうと努力したその日のことを思い出す。一人では絶対にやらないことを勧められて、それに挑戦してみた多くの日々。その中の一日だった。詩の役割のひとつは傷ついた人たちを癒すことだとジョン・バージャーが言っていたが、本当だろうか。詩は、脆くて、壊れやすくて、失いやすい、そんなものたちを思い起こさせる。だから詩は、本当に上手に扱わなければならない、注意深く取り扱わなければならないもの。

夢取引き　2018.09.13 Thu.

友達のヤンに夢を売った。昨晩見た夢が、とにかく普通ではなかったのだ。目が覚めて意識がはっきりしてから、夢の内容をカカオトークで報告した。

「ねえ。ヤンが登場する吉夢を見たかも。夢の中でヤンの体がすごく大きく膨らんで、ぶくぶく太っていったの。どのくらい膨らんだかっていうと、だいたい『リトル・マーメイド』に出てくるアースラくらい。微笑みながら堂々と座って、大勢の人をもてなしてた。ヤンの前には盛大なごちそうが並んだテーブルがあって、なにかおめでたい祝宴みたいだったよ」

ヤンがまっすぐに返してきた。

「その夢買わなきゃ」

ヤンも夢と運気と迷信をある程度信じるタイプだったから、取引きは簡単そうだった。私のほうもこの夢を絶対ヤンに売ろうと思っていた。彼女から代価をもらわなくてもこちらとしては構わないが、私が口頭で夢を告げるだけだと、その夢の吉兆をすべてヤンに引き渡せないと思った。この夢が持っている幸運がすっかりヤンのものになるようにパスしたくて、私ははっきりと販売の意思を示した。

ヤンは何が必要か聞いてきた。彼女は忙しくて、給料もそんなに良いほうではないので、カカオトークのギフトショップでコーヒークーポンでももらえば十分だと思った。

「今の時代はネットでも夢取引きは有効だよね」

私がそう言うと、それでも会って受け渡したほうがいいんじゃないかというのが、ヤンの意見だった。『XXXホリック』というマンガではそうだったらしい。彼女は、夢を買いに会いにいくよと送ってきた。

日が暮れると、私は執筆道具を携えて毎日通っている喫茶店に向かった。いつも座る席でヤンを待つ。仕事を終えたヤンは、ずんずんと大股に歩いて喫茶店のドアを開けて入ってきた。白いTシャツに白いパンツをはき、首には赤いスカーフを巻いていた。

「なに飲む?」

私がメニューを渡しながら聞くと、ヤンは思い悩んだような顔で答えた。

「ここのジンジャービールはおいしかったよ。だけどお金ないから注文できない」

そう言うと、彼女はさっと手を上げて叫んだ。

「すみません！　お水ください。ただの水を一杯ください！」

私は急いでヤンの手を押さえて、「私が出すから」と言った。

「今日だけはやめておくよ」とヤン。彼女が夢を買う日だからだ。

「でも、なんでビール一杯飲むお金もないの？　私の夢をどうやって買うつもりなの？」

「それが、スラの夢と交換しようと思って、来る途中でスカーフの店に寄ったんだよね。スラにスカーフ買ってあげたかったの」

「それで？」

「それで、そこにはスラに似合うものがなかった」

「そうなの？」

「うん。でも私に似合うのはあってさ」

「だから？」

「だから私のだけ買った」

そのときになってやっと、私はヤンの首に巻かれた赤いスカーフをじっくり見た。

「安くなさそうだけど？」

ヤンは眉間にしわを寄せて、うなずきながら答えた。

「全然安くなかった……」

でも、似合いすぎて仕方なかったんだ、という顔だった。

「とにかく、それでお金が尽きちゃったんだけど、スラに何あげようかなって考えてたらこれ見つけた」

ヤンは自分のバックパックを探って封筒を取り出した。開けてみると文化商品券が二枚入っていた。

「スラはよく本を買うからこれ使ったらいいよ！　これまたどうやって手に入れたかというと……」

そのあとのヤンの話によると、学部生のときに精神的につらくなって校内の相談センターでカウンセリングを受けたのだが、その感想を書いてほしいとお願いされた。大抵のことに最善を尽くすヤンは、誠意を込めて感想を書いた。それを提出したところ、二万ウォン分の文化商品券をもらったという話だった。まさに文章を書いて稼いだお金だった。大学を卒業する前からずっと財布に入れて持ち歩いていたのを、ようやく使う日が来たとヤンは喜んだ。

その二万ウォンの商品券と夢とを取引きすることに、私たちは合意した。そのタイミングで、店長がヤンにワインを一杯サービスしてくれた。ヤンはそれを素早く受け取って飲んだ。そのあいだに私は、売る夢のタイトルを決めた。「ぽっちゃりヤンの盛大な食卓」がぴったりだと思った。夢占いの世界では、豊満になること、豪華な食卓、大勢の客人、すべてが縁起の良さの象徴だった。

「とにかく、この夢は絶対に確実ってことだよ！」

私はいつものように大言壮語を吐いた。何が確実なのかわかりもせずに。

「わかった！」

と、ヤンは答えた。何がわかったのかは不明だった。

それから私は、ヤンと両手を取り合った。吉夢が私の手からヤンの手へとしっかり伝わるように、かなり強く握った。ヤンのラッキーを祈りながら夢を売るプロセスだ。かつて新羅（シルラ）時代のとある女性が徐羅伐（ソラボル）*14市内を自分の小便で満たした夢を見た。その夢を妹に売ったときの代金は絹一反だったそうだが、私たちに絹のようなものはなかった。代わりにヤンは、私に文化商品券の入った封筒をくれた。夢取引きはあっけなく終了した。

商品券は予想以上に高額だったから、ヤンにジンジャービールを一杯おごることにした。

*14—古代の朝鮮半島南東部にあった新羅の首都で、今の慶尚北道慶州市にあたる

ヤンは素早く受け取って飲んだ。言葉だけで夢を売るのは不十分な気がして、私はメモ用紙を取り出し、夢で見た場面を描いてみた。夢の中のヤンの姿と、彼女を取り囲んでいた豊かなものたちを詰め込む。ヤンは、ジンジャービールを飲みながらその絵を見ていた。

その紙を渡すと彼女は半分に折り、それをさらに折りたたんだ。そうして出てきた紙の裏面には、こんな広告のコピーが印刷されていた。「ローン！　もう悩まないでください！　敷居の高いローン、スマートに責任を持ちます！　月々の利息2％以内！」

四分の一まで小さくなった紙を、ヤンは自分の財布にぐいっと入れた。いつも幸運とともにあるように。財布の中にはもう一枚、別の紙があった。何かと尋ねると、ヤンが取り出して見せてくれた。折り紙のように折った跡がついていた。ある詩集から一ページ切り取ったらしい。書かれていたのは、イ・ジャンウクの詩だった。詩のタイトルは「役所に行こう」。全文はこうだった。

役所へ行こう
左足をあげて　静止した猫のように
寂しいときは
役所へ行こう

書類はいつも楽天的で
昨日死んだ人たちが　いまだ
去ることができない場所

役所でわたしたちは　前世が知りたくなり
役所でわたしたちは　空中浮揚に興味を持ち
そして死んだ魚のように沈鬱になり
短い質問を投げかける
役所とは
何であろうか

役所は　その質問がない場所
その他のすべてがある場所
わたしたちの一生がある場所
だからいつも定時に扉を閉める
役所へ行こう

豆腐みたいに静かな　午後の空き地や
その空き地でひとり遊んでいる人の　向かう先を
絶えず考えてしまうとき
昨日の経験が信頼できないとか
ひとりで眠りたくないとき
左足をあげたまま
気遣わしげな表情で
わたしたちは　役所に行こう

役所は簡潔
始まりと終わりが無限
役所を出て　わたしたちは
寂しい猫みたいな表情で
左手をあげて
左足をあげて

その詩が印刷されたページの片隅に、ボールペンで何か書いてあった。「ヤン、おかげで夏を無事に過ごすことができたよ。何をプレゼントしたらいいかまだ思いつかないから、まずはこの詩を贈ります」。誰かがヤンに書いたものらしかった。私は自分の知りえないヤンの時間を想像してみた。私の知らないあいだに、誰かを助けながらその夏を過ごしたのだろう。

ヤンは詩が書かれたその紙をぎゅっと折り直して、また財布にしまった。ヤンのカード、ヤンの住民登録証、ヤンの紙幣、ヤンの小銭と一緒に、二枚の紙が財布の中にあった。私が売った夢よりもその詩のほうが、確実にヤンの人生を守ってくれるような気がした。

もうお兄さんはいない

2019.08.29 Thu.

八月のある日の朝、私は二十八回目の誕生日を迎え、洗剤のラックスでトイレ掃除をして一日を始めた。汚いことは、うれしい日にやってしまうのがいい。気分の良いときに過ごせば、悲しいとき、疲れているとき、怠けているときの未スラが救われる。いま住んでいる望遠洞の借家のトイレのタイルはちょっと古い。ラックスを付けたブラシでいくらごしごし擦って磨いても、全然きれいにならない。垢は落とせても、経年による損傷は消すことができない。それでもラックスで掃除してみると、トイレは見違えるほど変わった。ほぼ白くなったトイレのドアを閉めて、家全体の床を雑巾で拭いた。それから、タムのトイレの砂を丸ごと取り替えた。

一人で掃除を終わらせると、突然三年前の誕生日を思い出した。当時二十五歳だった私は西橋洞の大きなシェアハウスに、年上の知人の男性三人と共同生活していた。家賃は折半だ。彼らは三十代で、面白くて、惨めで、汚かった。私は共用スペースのリビングとキッチンを清潔に保つのはあきらめて、自分の部屋だけを徹底的に掃除することにした。彼らは私のことを「スラちゃん」と呼んだ。誕生日のお祝いにチキン屋に行こうと誘ってくれて、そのときはまだヴィーガンでなかった私は、喜んでついていった。チキンとビールを注文してから席に着く。店は週末の夜のにぎわいで、熱気に満ちていた。

お兄さんの一人がポケットからこそこそ何かを取り出した。ドラッグストアのオリーブヤングで買ったシリコンブラだった。ブラジャーをしない私がときどきニップレスを貼っているのに気づいていたようだ。もう一人のお兄さんは、袋なしでむき出しのまま本を一冊くれた。友達から借りたままの本だと言った。三人目のお兄さんは、きわめて使い途のなさそうなステッカー集をくれた。テーブルの上でプレゼントのやり取りをしているあいだに、三人組の女性が店に入ってきて隣のテーブルに座った。お兄さんたちが横目でチラチラ見ている。

一番目のお兄さんが言った。「相席したい」

二番目のお兄さんが言った。「俺も」

すると、三番目のお兄さんがいきなり椅子から立ち上がり、私の両肩に手をのせて大声で叫んだ。

「この子、今日誕生日なんです！」

「落ち着いて」と私は言った。

でもすでに私たちはみんなから注目されていた。隣のテーブルの女性たちだけではなく、チキン屋にいる誰もが顔をこちらへ向けて、お祝いの拍手をしてくれた。歓声を上げる人もいた。酔っ払った人たちだ。拍手を浴びると、一番目のお兄さんが立ち上がった。

「お祝いしてくださりありがとうございます。水は私たちがおごります」

二番目のお兄さんも負けじと立ち上がった。

「たくあんも私たちがおごります」

隣の女性たちがお腹を抱えて笑った。

ふとそんなことを思い出した朝だった。私はいま一人で暮らしていて、彼らとの連絡は途絶えたけれど、どこかで誰かを笑わせながら暮らしている姿が目に浮かぶ。彼らが散らかし放題にしていた家を懐かしく思ったりはしないのに、いくつかの冗談が恋しくなるときがある。

最近、隣に住んでいた男性が引っ越していった。一年ほどお隣さんとして過ごした男性だったが、引っ越してきたときは三十代くらいに見えたから、つい「お兄さん」と声をかけると、「失礼ですが、私のほうが年下です」と、彼が返してきたのを思い出す。「お兄さん」という呼称を口にするだけでも鳥肌が立つのに、なぜ自発的にそう呼んだのか自分でも理解できない。

いずれにせよ、断じてお兄さんではないその男性が引っ越したはいいけれど、水道料金を払わずに行ってしまった。料金は八千ウォンだった。

同じフロアだったその男性と私は、二人分の水道料金を合算してひと月おきに支払った。ひとつしかない水道メーターの請求書が私のもとに届くと、まずは私が代表して全額の約二万ウォンを払う。そのあとに、隣の家の分の請求書を作って、その男性にカカオトークで送る。今月の水道料金はこうで、半分に割った金額はこうなので、ご都合のよろしいときに送金してくださいと、私の口座も書いておく。彼は「わかりました」と返事をしておきながら、振り込むのを忘れたり、支払日に遅れたりした。部屋が隣でよく出くわしたので、払わないということはなかった。三カ月遅れであっても、入金するにはしてくれた。

それから、引っ越すという知らせを聞いた。私は彼が引っ越す日に水道局に電話をかけて、その日までの水道料金を確認した。お互いに不当だと感じたりしないように、公平かつ正確に折半するためだ。料金は一万六千ウォンだった。私は彼に、挨拶も省略したメッセージをカカオトークで送った。

「引越しで慌ただしいですよね？　水道料金を確認したところ、八千ウォンをお支払いいただければ大丈夫です。今までありがとうございました。引っ越し先でもお元気で幸せに暮らしてください」

彼から返事が来た。

「わかりました。家の片付けが終わり次第、お振り込み致します。スラさんのお仕事がすべてうまくいきますように。お元気で〜」

それが彼との最後のカカオトークだった。

ところが二カ月たった今でも、水道料金は振り込まれていない。

「振り込んでくださいってカカオトーク送ってみようか？」

隣にいたカバに聞いた。

「いくらなの？」

「八千ウォン」

「微妙だね」

「だよね」

「たいした金額じゃないしさ」

「でも私がよく行くアンスラサイトコーヒーの贅沢なコーヒーよりは高いよ」

しばらく考えてからカバが言った。

「じゃあ、俺がスラにその八千ウォンを払うのはどう？」

「え、なんでカバが払うの？」

「そしたら結果的にスラのお金はなくならないわけじゃん」

「代わりにカバのお金がなくなるし」

「道歩いてたらなくなったとでも思っとくよ」

「道歩いててお金なくしたらイラつくから」

「べつにイラつかないよ、俺は」

「なに言ってんの、もういいよ。私には彼から受け取るってことが大事なの。金額じゃなくて、約束を守らないのが許せない。けど、カカオトークが和やかに終わったのに、またお金の話を切り出すのって気まずいよね。しかもあの人、最後に四つ葉のクローバーの絵文字までつけてたし……」

「最後のメッセージはなんて言ってきたの？」

「家の片付けが終わり次第、お振込み致しますって」

カバは、重要な事実を見つけた人の演技をして言った。

「もしや、まだ片付けが終わってないとか？」

私たちは大笑いした。

「そうかも。まだめっちゃ片付けてるんだよ……それで水道料金を振り込めないいんだ……」

「うん。二カ月間……頑張って捨てても、捨てても、まだ片付かないんだよ……」

私たちは、彼がとてもゆっくり家を片付けている場面を想像した。ほとんどスローモーションのように、のろのろと掃除していた。もらえなかった水道料金は八千ウォンのジョークになり、私はいつものように部屋のいたるところを掃除した。隣の家の男性や、三十代のお兄さんたちとは違って、速やかに片付けた。

気まずくなるのは怖くない

2019.04.02 Tue.

朝は体重を量る。何年もそうしてきたから、今は体重計にのる前に数値を予測できる。ベッドから抜け出して数歩歩いただけで、体の重さがわかるようになった。ある朝は、お腹に脂肪が引っかかる感じがなかったから、だいたい四九・七キロくらいで、別の朝は、生理前だから五〇・三キロくらいだろうと推測できた。トークイベントやインタビューが多い時期は、気持ちが浮ついて食事があまり喉を通らないから、予想体重は四八・八キロくらい。パンを食べながらネットフリックスを見て寝落ちした翌朝は、五〇・五キロくらいだろう。

体重計を両足で踏む。すると、まさに予想した数字が表示されている。こういうとき、私は市場にいるベテラン店員たちと同じだ。彼らは何度も量ったりしない。早く早くとぞんざいに取り分けているように見えて、決まった量を正確に量りにのせている。市場の人たちが何度も重さを量りながら身につけたであろうその感覚を、私もいつの間にか体得していたようだ。これといった起伏もなく、似たような体重が続く日々に、私は安堵する。問題なく食べて、寝て、排泄しているんだな。

体重を量ったあと、家じゅう掃除機をかけて回り、体操を始める。体操のルーティンは、ヨガやピラティス、ラジオ体操や「カン・ハナの下半身ストレッチ」のビデオレッスンを自己流で混ぜて作った。首、肩、背中、腰、股関節、膝、足首、手首の順にゆっくり体を緩めて、短いダッシュと筋トレをする流れだ。余裕のある朝は二十分程度のフルバージョンの体操、慌ただしい朝は五分程度の短期集中バージョンで体をほぐす。これを省略すると一日中すっきりしないから、必ずこの体操をしてから朝食を食べるようにしている。この午前の日課は毎日繰り返される。午後には文章教室に出勤したり、在宅勤務したりする。

恐る恐る生きている感じがする。怖いものがたくさんかあるからかもしれない。病気と痛み、家賃、借金、世間の評価、夜道、エレベーター、事故、災害、戦争、恥を知らない人、工場式畜産システム、動物の殺処分など、怖いもののリストは長い。

知り合いの年上の女性は、なにか怖くなったり悲しくなったりするたびにジムに行った。すると、半年で引き締まった強靭な体が出来上がった。彼女はもともと怖い夢をよく見た。大概は男たちに追われる夢だ。しばらくのあいだ熱心に運動に励んで全身の筋肉を育てると、食べる量が増えて力が漲り、ささいな病気をしなくなった。夢の中の自分も勇敢になった。脅かしてくるたちの悪い男たちの体を摑んで殴った。泣いて、逃げて、隠れる代わりに、振り返って彼らの顔を睨みつけ、確実に攻撃した。そうして最近の夢にはユーモアとセックスだけが残った、と彼女は言った。

身体の体力と筋肉。無意識の体力と筋肉。この二つはともに発達する。身体と精神はお互いに影響を与え合うからだ。彼女の話に大いに感化された私は、年明けすぐにジムを探し始めた。今よりも強くなりたかった。ジムを選ぶ基準は特になかったので、単純に家から一番近いところにした。そういえば私は、カフェもレストランもパン屋も近所を利用しがちだ。家の距離が近いというだけで付き合った恋人や友達もいる。

近くのジムに行ってみると、利用者は一人も見当たらなかった。小さな事務室で居眠りをしていた中年の館長らしき人物は「昼間だから暇なんだ」と言ったが、夕方も混みそうになかった。もしここの運動器具たちに魂があるなら、しきりにあくびをしているに違いない。来週このジムの営業を終了すると言われても、まったく驚かない。でも全然人がいないから、個人のトレーニングルームのようだった。見なりを気にせず運動することができて、むしろ気楽そうだ。

館長と向かい合ってパーソナルトレーニングの登録をした。料金は一般的な相場だったが、私はもっと手頃な価格にしてほしかった。すぐにでも立ち去るかのような素振りを見せると、彼は即座に二十万ウォン値下げしてくれた。金額に合意したあと、館長はアルバムを出してきた。このジムに所属しているトレーナーの写真と略歴が載っているアルバムだった。それを広げながら彼は、この中からトレーニングを受けたい人を選ぶようにと言った。

アルバムの中には筋肉質の男性トレーナーが五人いた。みな大柄でいかつかった。いかついということ以外、感想が思い浮かばなかった。館長はその中でもいちばん肌が白い男性トレーナーを指して言った。

「この方は特に愉快で、教え方も上手ですよ」

「あぁ……そうなんですか?」

私は他のトレーナーの写真に視線を移した。どんな男を選ぶべきかはわからないが、少なくとも避けたほうがいい形容詞はいくつか知っていた。「愉快な」もそのひとつだった。男が男を「愉快だ」と言って紹介する場合、「愉快だ」と紹介する男も紹介される男たちもこぞって面白くないことが多かった。ひどくつまらなくて、粘着質で、時代遅れの笑いを立て続けに投げつけてくるのがお決まりだった。トレーナーに面白さなど期待していない私は、館長に言った。

「いちばん口数が少ない方に習いたいです」

むしろそのほうがさっぱりする。館長は他のトレーナーを指しながら、「この方なら物静かに運動を教えてくれますよ」と説明した。その人に明日の朝からトレーニングを受けることにして、お金を払って家に帰った。

ところが数時間後、館長から電話がかかってきた。

「どうしましょう、物静かなトレーナーさん、午前のスケジュールが埋まっているようです。先ほどご紹介した愉快なトレーナーさんなら午前でも大丈夫なんですが。その人ではいかがですか?」

館長の声には少し切実さがあった。また他のジムを探すのも面倒なので、わかりましたと伝えた。翌朝、初めてのパーソナルトレーニングを受けにジムへ入るとすぐ、話に聞いていた愉快なトレーナーが私を出迎えてくれた。写真よりはいかつくなかった。筋肉量などを測定したあと、ちょっと話を交わした。

「体のバランスが良いですね。何か運動をしてらっしゃいましたか？」

「ピラティスを二年していました。ランニングも地道にやっていたんです」

「あ～ピラティスは私も少ししていましたよ。悪くないんですけど、少し退屈でした。何をされている方ですか？」

「私は、その……フリーランスです」

「何のフリーランスですか？」

「物書きです」

「あ～作家さんですか。私の担当するメンバー様の中にも作家の方が何人かいるんですよ。SBSの放送作家さんもいますが、その方はすごく忙しくて、私を放送局のジムに呼んだりするんですよ。私はいろんな職種の人たちと会うんですよね。いくつかのジムで仕事をしていて。トレーニング関連で何回もテレビにも出ましたし。ここと違って器具の揃った良い施設はとても多いんです。前に勤めていたのはホテルのジムで、そこは本当によかったですね」

「ええ……」

「作家さんでしたら、運動したあとにも文章を書くんでしょうか？」

「たぶん……」

「『ジムの自由を満喫する』。こんなタイトルで書いてみたらどうですか？」

トレーナーはハハハ！と笑った。私は黙っていた。新年の誓いのひとつが「笑えないときは笑わない」だから。彼は一人笑いを引っ込めたあと、私に何種類かの運動をしてみるように指示した。スクワットとランジと腹筋などだった。

「運動神経が良いですね」

それは私も承知の事実だったので、「はい」と返事した。

「でも上半身と腕の筋肉が弱いので、その部分をもっと補強しないといけませんね」

「そうなんです。まずは一カ月で腕立て伏せが十回できるようになるのが目標です。半年後には懸垂もできるのが目標です」

「良い姿勢です。目標がある積極的な姿勢！」

「お金払いましたから」

「お金を払っても一生懸命やらない人は本当に多いんですよ。メンバー様は教えがいがありますね。ハイタッチ！」

彼が両手を広げてこちらに突き出してきたので、ものすごく軽めに彼の手を叩いた。私は毎週月・水・金とジムへ通った。トレーナーのおしゃべりはつまらなかったけれど、運動は面白かった。三カ月のあいだに腕立て伏せの回数がみるみる増え、マシンにぶら下げるウエイトも徐々に重くなった。筋肉量と食事量が増え、夜は深い眠りに落ちた。ピラティスやランニングは呼吸を一定に保てる終始ピースフルな種目だけど、ジムではホッ！と息を吐きながら爆発的な力を出す瞬間もあった。私のレベルではまだウエイトをそんなに上げられないけれど、二十キロのバーベルと十キロのダンベルを正しく使っているだけで、筋肉が少しずつ引き締まっていく感じがした。

ジムでは体の部位ごとに感覚があるのを実感できた。私には背中というものがあるんだな。太ももの裏にも筋肉があるんだ。ハムストリングスもある。三角筋がここかぁ。二頭筋と三頭筋は別々にあるのか。今までの人生をこの体で生きてきたのに、初めて感覚を知ったような馴染みのない部位もあった。曜日によって集中的に鍛える部位は異なり、そのため筋肉痛も均等にあった。適度な筋肉痛は、心地よいものだった。

合間の休憩時間のたびに、トレーナーはあれこれしゃべり散らした。どういうわけか、彼はあらゆることを経験していた。彼に言わせれば、やってないこともなければ、会ったことのない人間のタイプもいないらしかった。そんな彼に私が最もよく使った言葉は、「そうなんですね……」だ。いくら魂の抜けた返事をしても、彼はひたすら話し続ける。私は言葉を遮って尋ねる。

「次はどの部位を引き締めましょうか？」

トレーナーは、スミスマシーンでデッドリフトをする番だと答えた。器具をセッティングしてから、私の後ろに立って姿勢を見てくれる。しっかり矯正してくれるのはありがたいが、必要以上に密着する傾向がある。私の骨盤には彼の両手が、私のお尻には彼の股間が触れている。私は振り向かずに言う。

「一人でやります。支えていただかなくても結構です」

「あ、はい……」

すると、私たちのあいだには気まずい間隔ができる。私にはその状態がしっくりくる。気まずくなるのは怖くない。

ジャイアントウーマン

2019.05.13 Mon.

結局、別のジムに通うことにした。気まずくなるのは怖くないけれど、煩わしかったからだ。元トレーナーはなれなれしい手つきでやたら私の肩を揉んできた。特にすっきりもしないし必要ともしていなかったから、肩を揺すって彼の手をパッパッと振り払った。自分の手を使って制止したくはなかった。手が触れるのを特別な接触だと勘違いされると思って、できるだけ興味なさそうに肩だけ振った。すると自然に元トレーナーのマッサージが中断された。彼は私の肩の動きを見て言った。

「おぉ、動作がしなやかですね」

便宜上、彼を「元トレ」と呼ぶ。

一九七〇年代生まれの男性である元トレは私をなにかと褒めてくれるけれど、その賞賛には彼のプライドが滲み出ている。体に関しては自分に権威があるという感じが伝わってくる。「体を上手く使う私」よりも「体を上手く使う私をよく理解している彼」のほうを強調した賞賛だ。私はほぼ無反応で、次の運動は何かと尋ねる。元トレの指導のもと、この三カ月間さまざまなトレーニングをした。筋肉を鍛えていくのが面白くて、それなりに楽しくジムへ通った。元トレは粘着質だったけど、週に三回も会うと少しは友情が芽生えたりもした。ジムのトレーナーじゃなくても、誰とだって週三回ずつ定期的に会えば情も移るだろう。元トレが、要求してもいないマッサージを常にしてくることを除けば問題なかった。彼が愉快なイメージを強要してくることと、時代遅れのユーモアを乱発することを除けば問題なかった。デッドリフトとスクワットをする私の後ろに彼が接近しすぎる点を除けば問題なかった。姿勢を矯正するとき、お尻によく触ってくる点を除けば問題なかった。

行けば行くほど、欠点の多さに気がついた。彼は、お尻が強調される姿勢の運動をしきりにやらせた。私の体型的にどんな姿勢でもお尻が強調されるから、それは気のせいかもしれない。気のせいかどうかを振り返るのには慣れている。たいていは、私が気持ちを切り替えれば問題にならない。はっきりと不快に感じることはめったにない。それより常に感じるのは、微妙な不快感だ。お金を払って運動を習うときにまで不快の度合いを測るのが煩わしくなった。だから、元トレとのパーソナルトレーニングの契約を延長しなかった。


「これまで運動を教えてくださりありがとうございました。お元気で」

そう挨拶をして、元トレと別れた。そこは家から一番近いジムだった。

新トレーナーを探さなければならなくなった。特に迷いもなく、家から二番目に近いジムへ行ってみた。運動するにはとにかく家から近い場所に限る、と思っていた。新しいジムの受付スタッフと相談をした。彼女は九〇年代生まれの女性で、私に運動の目的と方向性を聞いた。

「ダイエットが目的ですか？」

「いいえ、痩せたくはないんです。今よりもっと強くなりたいだけです」

「ボディビルも視野に入れていらっしゃいますか？」

「そこまでではありません」

「今まで男性のトレーナーと運動されていましたか？」

「はい。でも今後は女性トレーナーに教わりたいです」

「ひょっとして、何か問題でもありましたか？」

「問題というよりは、ただ粘着質で面倒だったんです」

「あ……」

スタッフは全部わかったという顔をした。そして私に女性トレーナーを推薦してくれた。

新しいジムでの最初のパーソナルトレーニングの日、ほどよく鍛えられた格好いい女性が私に近づいてきた。姿勢が真っ直ぐで全身が引き締まっていた。まさに彼女が私の新トレーナーだった。便宜上、彼女を「新トレ」と呼ぼう。新トレが質問する。

「フリースクワットのウエイトはどれくらいいけますか？」

「最高で五十キロでした」

「かなりですね。一セット何回ですか？」

「十回です。ですが、すごく骨が折れました」

「話し方が少し軍隊っぽいですね」

「そうですか？」

「もしかして、団体生活をされていましたか？」

「いいえ」

「そうですか……もしかして文章を書かれる方ですか？」

「あ……はい、そうですが……どうしてわかったんですか？」

「ただそんな気がしたんです」

「私の話し方は文章っぽいですか？」

「ええ」

「他の人はこんなふうに話しませんか？」

「おそらく」

　いくつか運動をしながら新トレに姿勢をテストしてもらい、補うべき点を教えてもらった。依然として、下半身に比べて上半身の筋肉が貧弱だった。私は新トレに言った。

「先生みたいに肩を格好よく発達させたいんです」

　新トレは肩をすくめて答えた。

「でも、これは生まれつきですから」

「あ、なるほど」

「メンバー様の骨盤と同じです」

「ありがとうございます」

「でも、できるかぎり頑丈な肩を作っていきましょう」

そうして新トレは、すぐに運動をさせて厳しくカウントを数えるのだった。初日から新トレに軽く惹かれてしまった私は、すぐさまパーソナルトレーニングを三十回分購入した。新トレは口数が少なく、彼女に関する情報はトレーニングを重ねるごとに少しずつ蓄積していった。彼女も一九九二年生まれで、前職はボディガードだったということがわかった。彼女は、私がフリーランスの作家で本を二冊出しているのは知っている。ときどき、文学の授業のために急いで運動を終えることも知っている。それ以上に詳しいことはお互いにあまり聞かない。新トレと私のあいだにある緊張感を、どちらも壊さないようにしているのだ。丁寧に敬語を使いつつ、毎週月・水・金の朝、運動を教えて、教わる。けれど、運動が大変なときには自分でも知らないうちにタメ口が飛び出す。

「あ、超痛い！」

するると、新トレが目を大きくして聞き返してくる。

「何とおっしゃいました？」

「太ももがとても痛いんです」

「それじゃあ、やめましょうか？」

「いえ、きつくていいです」

「いいんですか?」

「はい、きついことをするためにここに来てますから」

新トレは笑う。笑いながら聞く。

「もしかして……」

「もしかして?」

「Mですか?」

「はい」

私たちは大笑いする。そして、特別な話をするでもなく、また運動をする。むやみに触られることもない。女性トレーナーに運動を習うのは二十八年生きてきて初めてだけど、こんなに良いとわかっていたらもっと早くやっていただろう。

トレーニングを終えて、更衣室で着替える。朝の時間は中年と老年の女性たちが多い。私みたいにパーソナルトレーニングを受けている人はおらず、ヨガとグループエクササイズの団体レッスンを受けている人たちだ。彼女たちのおしゃべりで更衣室はいつもにぎやかだ。どの店で服を買うのか情報を交換し、カラフルすぎる服は着ないようにと助言し合う。たまに会費を取り立てるおばさんが歩き回っているが、何のための会費かはわからない。そうして集めたお金をこの女性たちが何に使うのか、気になっている。多様な年齢の裸の中で私もシャワーを浴び、髪を乾かす。

建物の外に出てからは、スティーブンが歌う「Giant Woman」を聴きながら、自転車を漕いで家に帰る。テレビアニメ『スティーブン・ユニバース』シーズン1の第12話に出てくる歌だ。歌詞は次の通り。

All I wanna do is see you turn into a giant woman
ぼくはきみたちがジャイアントウーマンに変身するのが見たいんだ
(a giant woman)
(ジャイアントウーマン)
All I wanna be is someone who gets to see a giant woman
ぼくはジャイアントウーマンを見た人になりたいんだ
All I wanna do is help you turn into a giant woman
ぼくはきみたちがジャイアントウーマンになるのを手助けしたいんだ
(a giant woman)
(ジャイアントウーマン)

All I wanna be is someone who gets to see a giant woman
ぼくはジャイアントウーマンを見た人になりたいんだ
Oh, I know it'll be great and I just can't wait
本当に素晴らしいことなんだ　とっても楽しみ
To see the person you are together
合体したきみたちを見るのさ
If you give it a chance, you can do a huge dance
巨大なダンスだって不可能じゃない
Because you are a giant woman
だってジャイアントウーマンだから
You might even like being together
一緒にいたくなるかもしれないし
And if you don't, it won't be forever
そうじゃなくても永遠じゃないし
But if it were me, I'd really wanna be a giant woman
でもぼくだったらジャイアントウーマンになりたいな

(a giant woman)
（ジャイアントウーマン）
All I wanna do is see you turn into a giant woman
ぼくはきみたちがジャイアントウーマンに変身するのが見たいんだ

この歌を聴くと、虎みたいに強い力が湧き上がってくる。私の将来の希望のひとつはジャイアントウーマンであり、そのために、ジャイアントウーマンから黙々と運動を習い続けるのだ。筋肉を鍛えるプロセスに、ジャイアントマンの助けは不要だということを、私の体と心は知っている。

保証金という問題

2019.01.01 Tue.

すごく体調が悪いときや悲しいときは、躊躇せず仕事を休みたい。突然仕事を辞めたとしても、大事にならない人生を夢想する。どうしても気力が湧いてこなければ、しばらく働かなくても問題ないような。でもそんな人生はいまだに訪れなくて、二十歳の頃からよっぽどじゃないかぎり止まることなく働いてきた私の日常は、変わらずに流れ続けている。これからもそうだろう。生きていくにはコストがかかるから。毎月家賃を払うならなおさらだ。

誰かに私の将来の希望を聞かれたら、ウォルセからの脱出と答える。ウォルセじゃなくてチョンセの家で暮らせたら、今よりも気楽に労働に励めるはずだ。チョンセの家に引っ越すためにお金を貯めているけれど、ソウルのチョンセの価格は途方もなく高いから、はるかに長い道のりになりそうだ。いま住んでいる家の保証金を集めるだけでも七年かかった。

ゾルバ[*15]は「飯を食って何をしているのか言えば、あんたが何者なのか教えてやる」と言った。私が二十代のあいだ、ご飯を食べて、必死になってしていたのは、家賃を稼ぐこと、家賃を払うこと、そして保証金を工面するために貯蓄することだった。こうした苦労の主な原動力は、希望と恐怖だ。未来ではもっと良い家に住めるんじゃないかという希望、もっと保証金を貯めないと、ずっとこんな家に住み続けるんじゃないかという恐怖。それに、きちんと家賃を払わないと、この家にすら住めなくなるんじゃないかという恐

*15—ギリシア出身の作家、ニコス・カザンザキスの『その男ゾルバ』の主人公

怖。そんなことを考えて、七年間で四回も引っ越しをした。

最初の家：北阿峴洞（アヒョンドン）、八坪、半地下・二部屋
保証金五百万ウォン／家賃四十万ウォン

二十歳の頃、親友と一緒に暮らし始めた。実家は地方だったが、二人ともソウルの大学に合格したのだ。冬に私たちはコートを着て、あちこちの不動産屋を回った。なぜかそのときは寒さを感じなくて、ワンピースにコートだけを羽織って身軽に冬を過ごした。がむしゃらに足を使って、二人暮らしにぴったりの2DKを探した。保証金五百万ウォンに家賃四十万ウォンの、半地下のウォルセだった。保証金も家賃も半分ずつ出し合うことにした。友達は保証金の半分の二百五十万ウォンを持っていたが、私には五十万ウォンしかなかった。

やむをえず、地方で小さな店を営んでいる母と父に助けを求めると、なんとか百万ウォンを補ってくれた。それでも百万ウォン足りない。どうするか考えた末に、「塵も積もれば山となる」で周りの大人たちに力を合わせて助けてほしいとお願いした。祖父、叔父さん、叔母さん、伯母さん、論文塾の先生、初恋の人のお母さんにも電話をかけて、十万ウォンずつ送ってくれるようお願いした。この恩は生きているうちにおいおい返していく

と言うと、十人の大人たちは特に何も言わずに送金してくれた。こうして、人生初の保証金を工面することができた。友達と一緒に家の契約を済ませてから、訳ありの五百万ウォンを大家宛てに振り込んだ。お金を貸してくれた大人たちには今も返し続けている。

住んでみると、問題だらけの半地下の部屋だった。このときに私たちは、貧しさの正体を具体的に共有した。よれよれになったフローリングシート、水がどんどん漏れる床、部屋の四隅の隙間、いくら掃除と換気をしても消えない悪臭、便器の水にぷかりと浮かぶネズミの死体、ガラガラと大きな音を立てる引き戸、剝がれ落ちた水色のペイントのようなもの……。私たちはどちらも貧しさのディテールを冗談にして乗り越えたけれど、まったく冗談が出てこない日もあった。そんな日は、私たちはひとつのベッドで抱き合って眠った。お互いに愛し合い、嫉妬しながら、懸命に生きた。それぞれの恋人と友人が絶えず出入りし、毎日のようにご飯を作って食べた。私は雑誌社の新人ライターと、ヌードモデルの仕事を掛け持ちしながら大学に通った。そのうち友達が、分譲の国営住宅に抽選で当たって急に引っ越すことになり、この同居は一年で終わってしまった。家賃四十万ウォンは私一人では手に負えそうになかった。

二番目の家：温水洞(オンスドン)、十二坪、二階・二部屋
保証金七百万ウォン／家賃三十五万ウォン

同居していた友達と別れたら住むところがなくなり、仕方なく地方の両親の家に半年間居候をした。週末のたびに全羅南道の麗水へ通い、そこで文章教室の講師をすることで固定収入が入り、マンガの連載も始まって、貯蓄できる金額が増えた。そのうえ家賃を払わなくていいからお金が貯まった。そうは言っても両親の家に居候するのは不便で、一日も早く独立したかった。やりたいことをすぐ始めるには、ソウルにいるほうがよかった。面白いことは何もかもソウルで起きているような雰囲気だった。今はそうとは限らないってわかっているけれど、当時はそう思い込んでいた。とりあえず保証金を工面して、大学の近くにある家を探した。このときも百万ウォン足りなかったが、母がまた骨を折って補ってくれた。両親からの援助はこれが最後だった。保証金七百万ウォンを出して住めることになった多世帯住宅の、小さな庭に立つカエデは大きくて見事だった。古くて狭い家でもそれなりに趣があった。この家から大学に通い、コラムとマンガの連載を続けていたら、図らずもウェブトゥーン作家になった。マンガを連載し、文章教室で教えながら生活費を稼いだ。一人暮らしが想像以上に寂しいのと怖いのとで、猫を連れてきて飼い始めた。冷蔵庫は母が送ってくれたおかずと食材でいっぱいだった。よくご飯を作って近所の人たち

を招待した。キッチンで多くの時間を過ごしているうちに、暮らし方が身についていった。

三番目の家：西橋洞（ソギョドン）、四十坪、四部屋・シェアハウス
保証金九千万ウォン／家賃百十万ウォン

温水洞の家の契約期間が終わる頃、知り合いのお兄さん三人から一緒に暮らさないかと誘われた。その家には四つも部屋があり、その中でもいちばん大きな部屋を私にあげるからと説得してきた。彼らのうちのお金持ちの一人が保証金の責任を負ってくれて、私を含む残りの小市民三人で家賃を割って支払うことにした。シェアハウスでないと、麻浦区のど真ん中の大きな家に住むなんて一生無理だと思った。寂しかったし、保証金を払わなくても大きな家に住めるという魅力もあって、そのお兄さんたち三人と共同生活を始めた。私の部屋は広くてトイレ付きで、毎月四十五万ウォンを家賃として払った。広いリビングとキッチンは共同で使った。

三十代前半のお兄さん三人と同居するのは、面白くて、汚かった。そのときの生活の様子をもとに、「ミミミマ」というマンガを描いて連載した。「ミミミマ」というタイトルはシム・スボンの歌「百万本のバラ」に出てくる歌詞「憎む（ミウォハヌン）、憎む（ミウォハヌン）、憎む気（ミウォハヌンマウム）はなく」を縮めたもので、いろんな面で薄っぺらいコメディードラマだった。それと並行して他にもマン

ガの連載を二本持っていて、原稿の締め切りが週に四回もあった。週四回のマンガの締め切り、コラム二本の締め切り、それから文章教室の講義、これを一年続けてみたら、以前に比べて収入は増えたけれど健康に悪影響が出た。過労によって胆汁が逆流する病気になり、末端冷え性や肩の痛みで始終苦しんだ。それでも働くためには体力を維持する必要があって、毎日漢江沿いをジョギングした。そんな生活を送りながら、私はようやく大学を卒業する。その間に、歯の矯正治療を受けた。思いきって弟の歯の矯正費用も分割で払った。機械のごとく多くの仕事を捌きながら生きていると、体のあちこちが故障するというのを救急救命室で悟った。

四番目の家：望遠洞（マンウォンドン）、十六坪、二階・三部屋
保証金三千万ウォン／家賃四十五万ウォン

　心と体と魂を酷使して働いた結果、さらに保証金を集めることができた。どんなに寂しくても、一人で暮らすほうがまだましだと思って引っ越した。自立した生活が長かったせいか、一人分の荷物というより家族規模の荷物になってしまい、私一人の家なのにとても狭く感じられた。三つの部屋が列車の車両みたいに繋がっている家で、書斎、衣装部屋、寝室と、部屋ごとに荷物を入れた。自分だけの住まいを手に入れて、やっと落ち着いたと

思っていたら、学資ローン返済のメールが届いた。融資を受けた学費は二千五百万ウォンだった。これからどうしようかと、居ても立ってもいられない心境になって考えた末に「日刊イ・スラ」の連載を始めた。半年間連載を続けてローンを全額返済できたのに、体を壊した。

こうして二十代後半になった。猫は五歳になる。これまで私は一所懸命にお金を稼ぎ、家賃を払ってローンを返済し、本を二冊出版したけれど、ウォルセからの脱出まではまだまだ遠い。ソウルに住む以上は仕方ない。あれこれと気持ちをかき立てられるソウルがまだいいのだろうか。ソウルの豊かさと活気、便利さを、いつか未練なく手放せるだろうか。いつそうできるかわからないから、私は昨日も今日も明日も、チョンセのためにお金を稼ぎながら生きている。

あなたがいるから深いです

2019.04.03 Wed.

逆立ちをしながら祖父のことを考えた。祖父もよく逆立ちをする。無垢材のフローリングの上で頑丈な体を逆さにしたまま大きく息をする、祖父の姿が目に浮かんでくる。

数日前、彼の八十歳の傘寿のお祝いが近づいていることに気づいて、電話をかけた。プレゼントに何が欲しいのか、ぜひ必要なものを買ってあげたいと言うと、祖父は無駄にお金を使うなと遠慮した。儀礼的な遠慮だ。私はあらためて尋ねた。

「書道の道具で必要な物は？　毎日書いてるでしょ」

「それなら筆がいい」

「どんな筆？」

「仁寺洞(インサドン)の楽園(ナグウォン)商店街の近くに書元書藝百貨店という店がある。そこに14号の書道筆が置いてあるから、弾力があるのを一本買ってきてくれ」

「わかった」

「必ず書元書藝百貨店に行って買うんだぞ。種類も多いし安いんだ。地図を描いてショートメールで送るか？」

「いいよ。大丈夫」

「雲峴宮(ウニョングン)へ行く途中にある、楽園商店街を正面にして右側にその店がある」

「ネイバーの地図で検索するから平気。他に欲しいものはないの？」

「どうせ行くなら、金粉もひとつ買ってきてくれ」

「金粉って、何？」

「何ってことはないだろ、金粉だよ」

「金粉で何するの？」

「墨に混ぜて書けばおまえ、どんだけいいかわかるか？　キラキラして格好いいんだ」

「そうなんだ。知らなかった。そしたら筆と金粉を買ってくるね」

「孫娘がお金をたくさん稼ぐから、お願いばっかりしちゃうなぁ」

「わたし、そんなにお金ないよ。借金返済したらいくらも残らない」

「そうだったのか」

「でも、おじいちゃんのプレゼントを買うお金はあるよ」

電話を切って、私はホミ画材店へ行った。書藝百貨店なんかに行くのが面倒だったから。麻浦区だっていろんなジャンルの美術用品の店が立ち並ぶ街だから、あえて仁寺洞まで出向かなくてもいいと思った。

けれど、ホミ画材店には14号の書道筆がなかった。近所の画材店も同じだった。結局、祖父が詳しく説明してくれた書元書藝百貨店に探しにいくはめになった。春風が冷たく厳しい日だった。「百貨店」が名前負けするほど小さな店だったので、入口を見つけるまでかなり時間がかかった。人通りのない商店街の傍らには木蓮の木が一本立っていた。

静かな廊下を進みドアを開けると、数百本の筆が天井から吊り下げられていた。その下には首巻きを巻いたおばあさん、おじいさんたちがいた。ご年配が首に巻いているマフラーはなぜか「首巻き」と言ってしまう。子供の頃、祖母がそれをぐるっと巻きながらきまって首巻きと言っていたからだ。私の祖父母くらいの人たちがそこにいた。休日に書道道具を買いに来た人たち。おしゃべりをしに来た人たち。インスタントコーヒーやヨーグルトを飲みながら天気の話をする人たち。

その中に、聡明そうなおばあさんが一人、カウンターで番をしていた。社長だった。彼女と相談しながら筆を選んだ。アマチュア用の筆は一万五千ウォン、プロ用の筆は二万五千ウォン。祖父の自負心が頭をよぎり、私はプロ用の筆を買った。金粉は二種類あった。暗い金色と明るい金色。祖父が使うなら明るい金色のほうがいいだろうと社長が意見をくれたので、そっちを選んだ。

金粉と大きな筆が入った袋に手紙を入れて、リボンで結んだ。それを持って踏十里へ向かった。傘寿のお祝いだから家族が十四人も集まっていた。祖父、祖母、母、父、私、弟、叔父、叔母、同い年の従兄弟が二人、一番下の叔父、一番下の叔母、幼い従姉妹が二人……この大所帯がみんなで一緒に焼肉屋に行ったのだった。私はヴィーガンの生活を送っていたが、祖父に菜食だとかアニマルライツだとかの話をするのは疲れるから、黙って焼肉屋について行った。店内はとても騒がしかったが、こちらの大家族も負けてはいなかった。

私たちは食事中、とりとめもない話だけをした。誰か一人でも本当に言いたいことを口に出し始めたら、この家族は崩壊するだろう。妻たちと夫たち、舅（しゅうと）と姑（しゅうとめ）とのあいだに何度も争いが勃発して、行き着く先は離婚と勘当だ。今までの年月の中で、お互いにたくさん傷つけ合いながら生きてきたのだから。それは、今日八十歳を迎えた祖父も同じだった。

でも今日は、彼の人生を祝う日だった。みんなが少しずつ本音に背を向けた結果、食事は順調だった。正確には、女たちが我慢しているおかげで事なきを得ていた。私と同年代の従兄弟たちは、冗談を言いつつ牛カルビを五人分も食べた。母親たちと父親たちが座るテーブルにもカルビが何皿も追加された。静かにご飯と味噌汁だけを食べる私の口元に、祖父は炭火焼きカルビを運んでくれたが、胃の調子が悪いと言って断った。祖父にあえて言わないことは他にもたくさんあった。ヌードモデルを何年もやっていたこと、タバコを吸っていること、常に恋人がいたこと、自由韓国党を滑稽だと思っていることなど。隣にいる祖父の横顔を見た。昔よりずいぶんと老けていた。八十歳なのだから、それもそのはずだった。ところが、ひとつだけ衝撃的なことがあった。祖父の髪の毛が真っ黒になっていたのだ。

「おじいちゃん、白髪はどうしたの？　染めたの？」

祖父は、私がそう聞いてくるのを待っていたかのように、意気揚々と答えた。

「何カ月か前から、黒い髪の毛がどっさり生えてきたんだ」

「ありえない」

「本当だって。ばあちゃんに聞いてみろ」

「おばあちゃん、本当？」

祖母は野菜で巻いた肉を口に入れながらうなずいた。祖父のその自慢話を何度も証明させられるうちに、面倒になった様子だった。

「そんな現象ありえる？」

私が聞くと、従兄弟たちは肩をすくめた。祖父は「これはすべて規則的な運動と食習慣のおかげだ」と言った。いくらなんでも、真っ白だった頭が八十歳になってまた黒くなるなんて。聞いたことのない現象だった。もう一度見ると、彼の黒髪はカチカチに固まったまま垂直に立っていた。ムースをたっぷりつけて立てていたのだ。祖父は本当に、はっきりとアピールしたかったのだろう。

食事を終えたあとはまた踏十里の家に戻り、餅ケーキを出した。十四人がそれぞれ調子の外れたお祝いの歌を歌った。「愛する私たちのおじいちゃん～お誕生日おめでとう～」。

ロウソクの火は七歳のいとこ、つまり祖父の孫娘がふっと吹いて消した。家でロウソクの火を吹き消すのはいつでも幼い子供たちの役目だった。子供たちだけがその仕事に胸をときめかせるから。歌い終わってロウソクも消して気まずい空気が流れだすと、私は祖父にプレゼントを渡した。筆と金粉と手紙が入った袋だ。「ありがとう」と祖父は言った。

私の次に、七歳のいとこが祖父に紙を一枚渡した。今朝書いた手紙だと言った。とてもくねくねした字で、こんな文章が書いてあった。

「おじいちゃんがいるから深いです（キポヨ）」

それを見て祖父が笑った。

「『うれしいです（キッポヨ）』と間違えて書いたな！」

家族たちも大笑いして、幼いいとこは恥ずかしいのか足を何度もくねらせた。その姿がスラの幼い頃によく似ている、と祖父は言った。私も小さいとき、恥ずかしくなるといつも足をくねらせたそうだ。私は幼いいとこを抱きしめた。「うれしい」という言葉を「深い」と書き間違えたその子からは、赤ちゃんの匂いがした。私も、祖父がいるから深いんだと、愛も、憎しみも、憐れみも、楽しみも、それぞれに深いんだと、いつか未来でその子に話してあげたかった。

愛の無限反復

2019.04.15 Mon.

昨年の春、花の咲く木の下を一人で歩きながら、母方の祖母のことを考えた。彼女はすでに、七十回目の桜の季節を通り過ぎたはずだ。同じ時代に生まれた多くの女性たちと同様に、私の二人の祖母の名前も「子（ジャ）」で終わる。一九四五年に生まれたヒャンジャさんと、一九四八年に生まれたチョンジャさん。二人のうち、チョンジャさんに電話をかけた。ヒャンジャさんには花の咲く道を気ままに歩くような時間があったけれど、チョンジャさんにはそんな余裕はなかった。春に背を向けたまま、マンションを掃除して回り、花の咲く道を小走りで通り過ぎるチョンジャさんの姿を想像していると、彼女の口から流れ出てきた言葉が次々と思い出されて、私は一人で笑った。チョンジャさんの話し方には少し荒々しいところがある。愛情の言葉を、惜しみないなんてもんじゃないほど、爆撃のように注ぎ込む。ラッパーだとMCスナイパーにそっくりだ。チョンジャさんが速射砲のごとく愛と遺憾と感謝の気持ちを表現している最中は、いっさい割り込む隙がない。携帯電話のアドレス帳で、その母方の祖母を検索した。日が暮れかかっていた。彼女が仕事を終えて帰宅する時間だった。チョンジャさんはすぐ、「うぉや〜」と言って電話に出た。

忠清南道公州出身のチョンジャさんは「うぉや」を接頭辞のように使うが、私は今でもそれがどういう意味なのか正確にはわからない。あえて言うなら「よしよし」「my baby ～」なんかと同じニュアンスだ。

「おばあちゃん、スラです」

「うぉや～、愛するスラ～」

「おばあちゃん、元気かなって思って電話したよ」

「い～い～そうか～ばあちゃんありがたいや～かわいいスラどうだ～えぇ……」

何が「どう」のかはわからないけれど、おおよそは、私の日常全般を気にしていると理解すればいい。「How are you?」みたいな意味だ。それと「い～」は合いの手に近い。ラップの「yo」や「you know」にも似ている。

「元気だよ。おばあちゃんは？」

「い～うぉや～心配するな～うちのかわいいスラが大変だなあ。スラはほんとに偉いな～い～よくやってる、立派じゃないか～それにすごくやさしい～」

「ありがとう、おばあ…」

「携帯見てたら、おや、うちのスラが、あれ、活躍してるじゃないか～おじいちゃんが全部見せてくれたんだ～孫娘が新聞に出たって～なに、町じゅうのひとに言いふらしてね～

み〜んな知ってるよ〜」

母方の祖父の名前は、ビョンチャン。チョンジャさんの夫でありボキの父親である彼は、アーリーアダプターだ。一九七〇年代に公州の利仁面で電波社を運営していた。機械のハードウェアとソフトウェアを熟知していて、それを扱う能力が町内で最も優れていた。二〇一〇年代のビョンチャンさんは、エンジニアとしてシニアボランティア活動に参加し、写真をフェイスブックにアップする。写真の中で彼は、派手なジャケットを着て工具を背負っている。才能と好奇心に満ちて、士気と隣人への関心が高い男である。そんな男の妻には、恨みが積もり積もっているものだ。チョンジャさんも同じく。彼女はお金を稼ぐのに一人で苦労した若かりし頃の記憶が蘇ってくると、ビョンチャンさんに対して厳しい言葉をためらわずにぶつける。

「一生、そうやって外出歩いて妻と子供たちに苦労させるの、え？　お金は稼いでこないし、え？　ボランティアってどんだけバカバカしいボランティアなんだか、ちがう？」

チョンジャさんは、愛情の言葉も憤怒の言葉も、非常に高い温度で吐き出す。それなのに、のんきなビョンチャンさんは仏のような顔で、チョンジャさんの話をBGMのように聞き流す。激しい火のような女と、煮えきらない男がひとつの家で暮らしてきた。二人の組み合わせは、私にとってミステリーのままだ。

ビョンチャンさんはフェイスブックで、ときどき私にメッセージを送ってくる。メッセンジャーには「ウェーブ」という手を振る機能があって、その送信ボタンをしょっちゅう押してくる。すると私の携帯には、こんな通知が表示される。「ビョンチャンからウェーブが届きました」「ウェーブを返しましょう」。それで私もウェーブを送信する。ビョンチャンさんは花の絵文字を返事代わりにする。

私はビョンチャンさんが作ってくれた印鑑を持っている。彼は電波社にあった印鑑彫刻機をまだ使っていて、その機械で私の名前を彫ってくれた。私はふだん祖母と祖父のことを忘れて日々を過ごしているが、大事な約束をするときになると思い出す。出版社や書店との契約書に印鑑をグッと押す瞬間、母の両親の顔がちらつくのだ。ともかく、いま私の耳を強打してくるのは、電話の向こう側のチョンジャさんの声だ。孫娘が本を出して新聞に載ったと、町の人たちにふれ回った話を聞かせてくれている。

「おじいちゃんが記事を見せてくれたんだね。でも私はまだまだだよ、おばあ…」

「ゆっくりやりな〜かわいいスラは子供の頃から特別だった〜赤ちゃんの頃からおでこが広くて、ぽっこり出っぱってたからすごく器用だったんだぁ〜その頃からうちのスラはすごく利口で、すごく誇らしくって、やさしいんだ〜すごく立派だ〜」

このくらいになってくると、私が「すごく」という言葉をすごく乱発するのは、家族の特性だと思われる。チョンジャさんの過剰な言葉に、終わりの気配は見えない。

「うちのスラは裕福じゃない家に生まれたから、苦労もたくさんしたな〜それでもおまえはお母さんに似て、ほんとに明るくて真面目だ〜ボキも子供の頃から本当にしっかりもの〜い〜うん〜」

「ありがとう〜お母さんはたぶん、おばあちゃんに似てそうなっ…」

「おまえのお母さんが大学に行ってれば人生が違ってたのに……私がおまえのお母さんを大学に行かせらんなくて……あぁ……」

チョンジャさんは突然、涙声になった。ボキが私の隣にいたら、こう言ったはずだ。

「母さん、また始まった」

ボキが大学をあきらめざるをえなかったエピソードは、母の実家の名節のたびに繰り返されてきた。チョンジャさんは、あまりにも残念で申し訳なかったのだ。娘が国文科に合格したというのに、お金がなくて大学に行かせられなかった時代の話である。だから、何度も繰り返し話すしかない。それでも、ボキが大学に入れなかったのは、もう三十年以上も前のことだ。チョンジャさんの嘆きに対するボキの反応は、次のように変奏されてきた。

（二〇一一年）「お母さん、私の娘が大学に入学するっていうのに、まだそんなこと言ってるの？」

てるの？」

（二〇一九年）「お母さん、私の娘が大学を卒業して学資ローンも返したっていうのに、まだそんなこと言ってるの？」

にもかかわらず、チョンジャさんの悲しみは昨日のことのように生々しい。世の中には、そのような能力を持つ人たちがいる。過去を目の前に引っ張り出してきて、何度も再現する人たち。チョンジャさんが今の時代に生まれていたら、作家になっていたかもしれない。作家じゃなくても、せめてパワーツイッタリアンくらいにはなっていただろう。

「私が大学に行かせらんなくて、おまえのお母さんもすごく苦労したな〜その頃、おまえのお母さんが焼酎を三本買ってきて屋根裏部屋にこもってさ、胸が張り裂けた〜愛する子供たちに、ほんとにすまないことがいっぱいだ〜うちの子たちはほんとにやさしい〜ばあちゃんがなんにもしてやれなくてほんとにすまない〜それから、愛してるよ〜すごく立派で、みんなやさしい〜みんなすごく誇ら…」

絶え間ない愛の言葉の中で、祖母自身が元気でやってるかどうかを一言聞こうとするなら、話を遮るしかない。

「おばあちゃん。仕事大変じゃない？」

「い？　なにが大変か～仕事に行くのはいいね～遊んでどうする～」

「苦労してるんじゃないかって心配だよ」

「あれ～そんなこと言わんでいい～うちの孫たちがつらい思いをするんじゃないかって心配だ～かわいいスラ、ほんとに愛してるよ～偉い～立派だな～」

「おばあちゃん！　私も愛してるよ～」

「うん～愛してるし、誇らしくって、立派！」

「おばあちゃん～わかったよ！」

「そうか～おまえのおばあちゃんが、すごく、ものすごく愛してるよ～～」

「うん、おばあちゃん……！　そろそろ切るよ……！」

「そうか、そうか～かわいいうちのスラ～～偉い～愛してるよ～」

「うん！」

「愛してるよ～うちのかわいい子供たち、ほんとに愛してるし、誇らしいし、立派で、愛し…」

「おばあちゃん～もう切るからね～」

「うん～愛してるよ～ほんとに～愛し…」

電話を切ってからも、「愛」という言葉が耳元でウィーンウィーンと鳴り響いていた。

私が先に電話を切らなかったら、チョンジャさんは何度も何度も愛を話しただろう。私は彼女に言おうとしたことの半分の半分も話せなかったけれど、それはそれでよかった。これがフリースタイルのラップバトルだったら、私はとっくにやめていた。祖母は何度も愛の言葉を変奏して繰り返すだろうし、私は恍惚として何がなんだかわからないまま、毎回敗北するに決まっている。

一体、この愛は何だろう。どうしてこんなにも惜しみなく与えられるのだろう。私もチョンジャさんみたいなおばあちゃんになれるのかな。愛と遺憾と感謝を、疲れもせず繰り返し伝えられるのかな。

来週になればすべて散ってしまう花の咲く道を、ゆっくり歩いて家に帰った。おばあちゃんと並んで歩いているようだった。

手にした人生

2019.06.04 Tue.

五十三歳のボキは、いつも通っていた望遠市場の魚屋と肉屋の前を、足早に通り過ぎた。親しげに挨拶を交わしても、以前のように肉を買うことはない。店の人たちは怪訝そうな顔でボキを眺める。あの女性は毎日来ていたのに、どうして最近来ないのか、他の店に通いだしたのだろうか、とでも言いたそうだ。同じく私も、よく通っていた食堂にだいぶ前から行かなくなった。それなのに、食堂のお姉さんたちはうれしそうに挨拶をしてくれる。私も喜んで返事をする。本当はこう叫びたい。「前みたいに牛肉のサルグクス[*16]食べに行けないけど……みなさんのことは今でも好きです！」でもそれはオーバーだから、心の中だけに留めておく。

近頃、実家の食費が確実に減った。野菜、果物、ナッツ類、全粒穀物を好きなだけ思う存分食べているのに。ボキはヴィーガンになってから、食べ物の量を減らすだけでなく調理方法も簡略化している。にもかかわらず、毎日食べるうちのご飯はすごくおいしくて、デザートも豊富だ。週末にはボキがニンジンのケーキを焼いてくれた。バターも牛乳も卵も入っていないケーキがこんなにもおいしいなんて、感動的だった。私は、彼女の料理を食べて「すごい」を連発しながら、日々を生きている。

ボキにはチョンジャという名の母がいる。七十二歳の私の祖母。家庭菜園で育てた野菜を定期的にボキに送ってくれる。春菊、ニラ、サンチュ、長ネギ、若大根、エゴマの葉、ごま油、エゴマ油、細かく挽いた唐辛子粉……すべて下ごしらえされた状態で届く。チョンジャは自分の手で育てるだけでは飽き足らず、野菜を一つひとつ洗って皮をむいてきれいにし、手入れをしてから送ってくれる。ボキはそれをそのまま料理に使えばいい。

チョンジャの仕事のやり方はいつもそうだ。彼女が広げて干す洗濯物には、アイロンは要らない。たったいまアイロンをかけたみたいに、ピシッと角を揃えて干されている。彼女が磨いた部屋の床、彼女が磨いた食器、彼女が拭いたテーブル、彼女が洗ったスニーカーは、それ以上、手出しできるところがない。ヴィスワヴァ・シンボルスカ[*17]がチョンジャに会ったら、間違いなく彼女を題材に詩を書いただろう。ボキは私にこう言ったりする。「母が私にしてくれることに比べたら、私がスラに与える愛は何でもない」

私はチョンジャとボキに舌を巻く。この女性たちのようにできる自信はない。だから、そこそこ一生懸命くらいで生きたい。寛大で温かい心だけを受け継ぎたい。チョンジャはボキにいつも助言した。「子供たちを叱んな〜絶対にぶったりすんな〜ぶってどうする〜誰でも大人になれば自分の生きる道を探すもんだ〜」

ボキと私は隣近所で暮らしながら、スマートフォンのスピーカー越しに流れてくるチョンジャの声を一緒に聞いて、二食をともにし、一日に何度も会う。限定的で反復的な日常だが、飽きるとか寂しいとかはない。大家族の中にいたからかもしれない。ひとつ屋根の

＊16―ベトナム料理のフォーに似た米の麺　＊17―ポーランドの詩人。一九九六年にノーベル文学賞を受賞

下に十一人が暮らす大家族の長男の嫁だった頃、ボキは休む暇もなかった。

当時私が望んでいたのは、ボキと二人きりでラノビアに行くことだった。ラノビアは踏十里交差点の地下にあったレストランで、今であればキンパ天国[*18]でも売り出していそうなトンカツ定食を、真っ白なクロスを敷いたテーブルに出してくれるところだった。キャンドルが灯されて、ピアノの音楽が流れ、食前のパンやスープも出てきて、タキシードを着たスタッフたちが歩き回る。ボキと私は年に二回ほどラノビアに行った。ボキはその特別な日だけは、家族十一人分の夕食を作る必要も、キッチンの後片付けをする必要もなかった。七歳の私は母をやっと独占できたことに浮かれて、それまでに溜まっていたことを手当たり次第に話した。叔父さんが死ぬほど嫌だという話、おじいちゃんは孫娘より孫息子のほうが好きだという話、お父さんがお母さんに癇癪を起こす声を聞いて、私は部屋でひとり隠れて泣いたという話、子犬を飼いたいという話……目の前に座るボキは私の話を全部聞いてくれたけど、心ここにあらずといった様子だった。魂が抜けてしまった人のように見えた。自分の人生を手にしていない人の顔みたいだったと、私は今になって思う。

ある日、祖父が居間のソファに横になって昼寝をしていた。幼い私は横に立って、彼の大きな鼻の穴の中の鼻毛を観察した。鼻毛は気持ち悪くて滑稽だった。突然いたずら心が発動した私は自分の髪の毛を一本抜いて、それを祖父の鼻の穴にそろそろと入れてくすぐった。睡眠中にわけもわからず眉間にしわを寄せていた祖父は、ある瞬間ビクッと驚いて目を覚ました。怒っている顔だった。私はうろたえた。

「お母さんがやれって言ったんだよ！」

祖父はボキがいる居間のほうを見た。彼が私の言葉を信じたかどうかはわからない。母が居間で少し泣いていたことだけ憶えている。どうして祖父にそんな嘘をついたのか、なぜそんな些細なことでボキに濡れ衣を着せたのか、長いこと自分を理解できなかった。ボキは私が世界でいちばん好きな人なのに。だけどその頃は、誰かと関係を結ぶ方法を一から学んでいる段階だった。私は、祖父と祖母と父と叔父と同じように、ボキに接した。それは、私がボキにぞんざいに接したという意味でもある。後々、そのことを今更のように思い出し、「ごめんなさい」と謝った。

「そんなことあった？」

ボキは驚いた様子で言った。

彼女にとっては、かすかな記憶の中の出来事になってしまったのだろう。失くしてしまった十年と言えるのかもしれない。ボキはその十年間の出来事をチョンジャに詳しく話

＊18―韓国の海苔巻きチェーン店

したりはしない。チョンジャがきっと泣くから。大家族は私に何を残したのか。それは、三代にわたる愛、コメディードラマ的な思考、家父長制への愛憎だ。一方で、大家族はボキに何を残したのか。ゾッとするほどの嫌悪感ではないだろうか。大家族時代の終わりに嫁いだボキは、二〇〇一年にそこから抜け出した。そうして核家族になった私の家は、さらに一人と二人世帯に分かれた。眠れない夜にボキは、ユーチューブで法輪僧侶*19の説法を聴きながら、義理の親に対する積年の恨みをさっさと追い払っている。

夜はボキと漢江沿いを歩いたりする。まだ気温差の大きい季節だ。人や犬がたくさん、私たちの前や後ろ、横を通り過ぎる。職場帰りの格好で一人で歩いている人もいる。市内の道を行くほうがもっと早いはずなのに、わざわざ漢江の道を通って行く。少し遠回りになっても、できるだけ良い道を歩きたい気持ちは理解できる。疲れた顔をして漢江沿いを帰っていく姿を見ていると、彼らの昼間の時間が想像できる。ひとりきりで歩く夜が必要なほど、昼間がつらかったのかもしれない。後ろ向きに歩き続けるおじさんもいる。転びそうで転ばずに、ずっと後ろ歩きをしている。太ももの裏の筋肉を鍛えているのだろう。みすぼらしいクルーズレストランが停泊している横の道には、中国語ではしゃぐ人たちがたくさん集まっている。中国に遊びに行った韓国人の団体旅行客となんら変わらない姿だ。芝生のベンチには恋人たちが座っている。「それで……」「あの……」「だから……」。

二人のあいだを行き交う接続詞に耳を澄ませながら、通り過ぎる。

すれ違う人々について、ボキとあれやこれやと言い合う。二人で勝手な想像を付け足したりもする。この先どんな家に住みたいのか、浮かれて騒ぐ。満ち足りた気持ちでその家の庭と木を想像する。実現する可能性が低くても、とりあえず口に出してみる。こんなふうにして栗の木の下を通過すると、突如話題が変わる。どちらともなく、その話になる。

「ほんと精液の匂いに似てるよね」

「うん。ちょっときつい〜」

栗の木を過ぎてライラックの木に辿り着くと、息を深く吸い込んで、吐き出す。西江(ソガン)大橋まで、何も言わずにただ歩くときもある。一時間くらい歩くと、いつの間にか日が暮れている。私たちは遊水池の前で別れの挨拶をする。

「気をつけてね、お母さん！」

「うん。あしたね！」

そう言って別れる。

続いていく夜と、夜明けと、朝。そしてまた会うボキ。いま、私たちは人生を手にして

＊19 ― 環境・社会問題や南北統一について活動を行なっている韓国の僧侶・活動家

いるのかな。でもそんなことは永久に不可能なのかな。なんてことない日常を、ぼんやりと流してしまわないだけでも、まだ良いほうなのかもしれない。失くしてしまった時間として再び記憶されることのないように、ボキと食べて、話をして、歩いて、会っている瞬間を、こうして記録している。

新しい私たち

2019.05.22 Wed.

私たちのあいだには数十個のパターンがある。この五年間、数えきれないほど繰り返されてきたパターンだ。夜遅くに、歩き慣れた路地を通って家の前まで辿り着くと、私は二階を見上げて名前を呼ぶ。

「タム」

彼が子猫だったとき、貪(むさぼ)るの「貪(タム)」という字を名前に付けた。家の外からタムを呼んで五秒も待てば、高い確率で窓際に現れる。ソファやベッドの上で居眠りしているところに私の声が聞こえて、慌てて駆けつけてきたのだ。タムは網戸に自分のおでこをくっつけて、「ニャオン」と鳴く。実は「ニャオン」という擬声語は間違いだ。「ニャオン」と鳴く猫はほとんどいない。タムの場合は、「ウェオンー」「ウォアンー」「ウンマンー」「ウンギャー」「キャー」「ウンウェオンー」といった鳴き声を出す。ちなみに「鳴き声」という言葉も間違いだと思う。人は動物たちの声を「鳴く」と一括りに言うけれど、注意深く聴くと絶対に、ただ「鳴く声」ではない。タムにも様々な欲望がある。その欲望の情緒がたっぷりと滲み出ているような声を出す。

私はその声をタムの言葉だと思っている。彼は非常に多くの言語を持っている。誰にも信じてもらえなくたっていい。それが事実であることは私がよく知っているのだから。彼は気が向いたときに話しかけてくるので、私も気が向いたときに返事をするようになった。初めての話をするときもあれば、すでに話した会話のパターンを繰り返すこともよくある。たとえば、階段を上がって家のドアの暗証番号を押すあいだ、玄関の内側ではいつもきまってタムがせつない声を出すが、その声にもいくつかのパターンがある。ニュアンス重視で私なりに翻訳してみよう。

半日ぶりに家に帰ってきたときの言葉：ギャー！（早く家に入ってご飯ちょうだい！）

一日ぶりに家に帰ってきたときの言葉：ウンギャ！　ギャアン！　ギャー！　ギャン！（ありえないんだけど？　何してて遅くなったの？　お腹すいて死にそうなんだってば！）

もちろん必然的に誤訳になる。かろうじてわかるのは、怒っているかどうかとか、切実さの度合いだけだ。一日中家にいた私がちょっとコンビニに行って帰ってきただけでは、どの種類の声も出さない。一分で資源ゴミを捨てて帰ってきても、やっぱり何も言わない。空白の時間の分だけ、言いたいことが出てくるようだ。

たくさん食べてお腹いっぱいになり、寝てしまう場合は例外だ。私が来ようと来まいと、気にも留めずにぐっすり眠る。起こすとひどく嫌がる。寝ているところに電気を点けるのも嫌がる。電球の明かりを遮るために自分の前足を目に持っていく。そんな仕草がすごく人間みたいだ。

でも、人間みたい、とはどういうことだろう。

私の家には窓が五つある。タムは天気によって、気分によって、あるいはアパートの外から聞こえてくる、興味をそそられるような怪しげな音によって、毎回違う窓を選ぶ。気に入った窓のそばに行ってひなたぼっこをしながら、窓の外を眺めるのだ。寝室の小さな窓も大好きなのに、私がドアを閉めておくせいで入れないことがある。すると、寝室のドアの前に座って声を出す。

「ギャオン〜(開けて〜)」

それで私は原稿を書くのを止めて、ドアを開けに行く。開けるとタムはさっさと部屋の中に入ってきて、窓際に駆け上がる。私の肩まである高さの窓枠なのに、とても軽やかにジャンプする姿が本当に素敵だ。そこで彼は、階下の存在に関心を向ける。アパートに出入りする人々、道行く人々、スズメたち、野良猫たち、散歩する犬たち、飛んでいる虫たちを見て、同時に季節を感知する。春雨、梅雨、秋雨、氷雨、雪を、心ゆくまで眺めている。

猫が外を見るのは必ずしも外に出たいという意味ではない、という趣旨の研究発表を聞いたことがある。安全で高いところから外の様子を観察し、探ろうとする本能が、猫にはあるという。けれど、知る手立てはない。もしかしたら、永久に外で過ごしたいのかもしれない。よっぽどそうしたいのかもしれない。長いこと窓の外を眺めていたタムの体は熱くなっている。日光に温められて。

しばらくタムを忘れて机の上のノートパソコンを眺めていると、いつの間にかチャッ、チャッ、チャッ、チャッ、という音が私に近づいてくる。ぶどうゼリーのようなタムの足の裏が、短い廊下の床に触れる音だ。彼は例のしなやかな動作で机の上に飛び上がり、私のコップにこっそり忍び寄る。ちらっと私の顔色をうかがってから、そのコップの中に自分の顔を突っ込んで、ごくごくと水を飲む。私は文句を言う。「ねぇ〜さっき君のボウルに新しいお水を入れてあげたじゃない」。でも必ずタムは、私が飲んでいた水を途中で奪って飲む。そのコップを彼に渡して別のコップに水を注いでも、いつの間にかまたその水を奪って飲む。どうしてもいちばん新しくてきれいな水がお好みのようだ。

夕方になると、帰宅したカバが書斎に入ってきてソファに横になる。カバの変わらない習慣だ。タムはすぐさまカバの胸の上に乗る。「ウンウーン！」と声を出して、大きな上半身に突進する。これもまたいつものパターンだ。カバとタムが毎日繰り返す日課である。たまにタムは、カバの脇に自分の目、鼻、口をくっつける。その温かいところに入り込む。自分より何倍も大きい人間の脇に顔をうずめて、しばらく居眠りすることもある。そこまで安心してくれている姿が不思議でもあり、同時にありがたいとも思う。

夜、カバと私は並んでベッドに横になる。夕食のときに話しそびれたことを語り合いながら眠ろうとしていると、いつの間にかタムが私たちのあいだに来ている。ふかふかの布団をあっちこっち踏んで、気に入った場所に陣取ってうつぶせになる。カバの声と私の声とのあいだに、タムの深いため息が割り込むこともある。ため息を鼻から出すタムの、その鼻息はなにげに強い。私たちがベッドの横のテレビをつけっぱなしにしておくと、タムも一緒になって夜ふかしする。うとうと居眠りをしていても、画面にライオンが登場するとビクッと驚く。

この三匹の生き物は、気づかないうちに寝入ってしまう日が多い。カバと私がときどきいびきをかいて寝言を言うように、タムもそうする。ぐっすり眠っているとき、黒くて小さい、しっとりした鼻から「ゴロン、ゴロン」と音がする。寝言は「クン！　キン！」だ。

タムが横になった場所には、灰色の毛が少しだけ落ちている。

アラームがなくても朝が来たことがわかる。何事もなければ六時五十分頃、タムが話しかけてくるからだ。これもいつものパターン。お腹がすいた合図なので、早い時間に出勤するカバがベッドを抜け出して、タムにご飯をあげにいく。タムは、ツナ缶が食べたいときは冷蔵庫の前に座り、キャットフードを食べたいときはその箱の前に座っている。

その他にも、この猫にはいろんな姿がある。伸びをして、あくびをして、くしゃみをする。おいしそうに食べたり、まずそうに食べたりする。怖いことは避ける。嫌な臭いからは遠く離れる。好きな人に自分の体を預ける。心地よい場所を見つける。びっくりすると尻尾を立てて膨らます。大きな音がすると隅に隠れる。草花についた水をなめる。長々と空を見る。眠たそうにする。痛ければ苦しむ。

私みたいに。

それから、私が知っている人たちみたいに。

ある日私は、ひとつの記事を読んだ。口蹄疫(こうていえき)で殺処分された豚に関する記事だった。深く深く掘った土の中に、信じがたい頭数の豚を押し込んで、その上を土で覆う生き埋め処分だった。最初に土の中に入れられた豚は圧死する確率が高く、上のほうの豚は真っ暗な土の中でもがいて窒息死する確率が高い。まだ土で覆う前に撮られた写真を見た。そこには数えきれないほどの豚の顔があった。ぎゅうぎゅうに詰まった顔が、一つひとつ私の目に入ってきた。ひどく驚いたような顔だった。ひどく恐怖に怯えた顔だった。私は思わずぎゅっと目を閉じた。

あの豚たちもタムのように、ありとあらゆることを感じているはずだ。楽しいものには近づきたいし、苦しいものからは遠くへ逃げたいはずだ。タムと同じくらい、苦楽を鮮明に感受する能力があるはずだ。もしかしたらそれはタム以上かもしれず、タムより劣る感覚では決してないはずだ。

豚たちはタムと同じ存在で、タムと同じなら私とも同じだ。だからすべてを感じている。タムみたいに。私みたいに。

そう考えるようになった日から、肉を食べなくなった。むごたらしいことは豚にだけ起こるわけではない。最悪な生と苦痛と死を迎える鶏たち、牛たち、その他の多くの動物たち。人間の食欲のために生まれて、生きて、死ぬ存在。ユヴァル・ノア・ハラリは工場式畜産システムについて「人類の歴史の中でも最悪の罪」と述べた。未来の世界ではこれを、二十一世紀のホロコーストだったと記憶するかもしれない。

私のヴィーガニズムはタムに借りがある。彼のとても生き生きとした姿を近くでずっと見てこなければ、畜産と水産の実情に関心を持つまでにもっと長い時間がかかっただろう。今でさえ気づくのが遅かったと思うが、タムがいなければもっと遅くなっていた。タムへの愛と、彼を育てることに対する罪悪感と、彼に感じる同類性が、私に責任というものを自覚させる。やるべきことと、変えるべきことが、重たくのしかかってくる。それは、「私たち」という概念をあらためて確立することだ。あるいは、「新しい私たち」を発明することだ。

努力するよ、と私はタムに約束をする。もし失敗しても、なるべく小さく、なるべくましなように失敗する、と。タムとだけでなく、私と私の知っているすべての存在と交わす約束。タムは親しみを込めた眼差しで私を見つめる。私たちは向かい合って、顔から発せられる命令を聞き取る。

作家とイベント

「チャンネルイエス24」2019年2月号

人前でたくさん話をして家に帰った日には、私の生き方が間違っているような気分になった。どんな場所であれ、一方的に話をする立場だと不安になった。質問したり聞いたりする時間がこちらの話す時間とほぼ同じでなければ、良いイベントにならない。どちらの立場も、発言の分量が均等になる対話がいい。けれど今年の冬、私はとてもたくさん話をした。本を売り始めた昨年十一月から今年一月までの三カ月間、十五回のインタビューと三回のラジオ出演、十六回のトークイベントを行なった。ほぼ毎日、話をする場所へ行こうと家を出るとき、いつも同じ言葉を唱えていた。「私が何だっていうの……」

そしていざ、インタビューの場所やラジオの録音スタジオ、トークイベントのステージに到着してしてみると、そんなふうに自嘲する暇はなかった。目の前に聞いてくれる人たちが待っていたからだ。こんな寒い日に、他のことだってできるのに時間を割いて、私の前に来てくれた人たち。そんな人たちと向き合ううちに、心を込めて自己紹介をして、自分の本について話そうと思うようになった。なのに、仕事を終えて家に帰るといつも通り不安になった。今日も一人で騒いでしまった！ それぞれに悠久の歴史を持った人々が、何を感じながら私の話を聞いていたのだろう。失言する私を、どんな気持ちで見つめていたのだろう。

やはり生きる道を誤っている気がして、四柱推命で占ってもらった。新年を迎える儀式でもあった。生年月日と生まれた時刻を伝えたあと、人前でマイクを持って話す機会が多くて心配になる、と打ち明けた。占い師は答えた。

「舞台に立てば立つほど運気が良くなります。大きな舞台ほど良いです」

私は複雑な気持ちで聞き返した。

「本当ですか？」

先生はうなずきながら付け加えた。

「出版や教育のお仕事に携わったらいいと思います」

「だいたいそんな感じではあるんですけど……今の仕事を続けるべきしょうか？」

「はい。それと、毎日日記を書いてください」

「日記ですか？」

「日記を毎日お書きになれば、御守りも必要ない星回りです」

そんな星回りだったなんて……。

さまざまな喜びやストレス、そして病気をもたらした日刊連載のことを考えながら街を歩いた。やってきたことを続けていけばいいのだろうか。もちろん「日刊イ・スラ」は日記ではないのだけれど。舞台に立つのがいいという話を聞いたのもあって、やるからにはすべてのイベントに最善を尽くすことにした。それにしても、イベントに最善を尽くす、とはどういうことだろう。

まずは、良いエネルギーを携えてその場に行くことだった。早く寝て、早く起きて、規則的に運動をして、仕事をして、読んで書く生活を維持すれば可能なことだった。イベント前日の夜は、じっくり考えて服を選んでおく。着る服から勇気をもらうタイプだから。私の体を快適に包み込む服ほど勇気が出た。前に一度、自分の体がとてもちっぽけでみすぼらしく見えたことがあったので、肩にパットが入った革のジャケットを着てトークイベントへ向かった。やりすぎなくらい自信満々に見える服だった。本物の動物の革ではなく人工の革だと、気弱に強調してから講演を始めたように思う。

次に重要なのは、同じ話を繰り返さないこと。場所だけ変えて同じ話を何度も繰り返す自分の姿を想像するだけでも、憎らしかった。イベントのたびに違う話題を考えて資料を作っていくと、編集者は心配した。「毎回新たに準備してたら、疲れますよ!」でも、疲れるほうが恥ずかしくなるよりましだった。

二時間近いイベントを朗読と話だけで終えるのが味気なく感じられたので、三回目のイベントで準備したのは、六万ウォンの中古ギターとミニアンプだった。話に飽きてきたら歌を歌うことにしたのだ。好きな曲を、簡単なコードで弾きながら歌った。私の文章よりも素敵な歌詞がこの世界には星の数ほどあって、私はその歌詞に寄りかかることで自分の気持ちをうまく要約できた。実際、私の本に付け加えたい言葉は特になかった。自分の文章と絵にうんざりしていたからだ。けれど、好きな歌は何回歌ってもうんざりしなかった。気づけば私のトークイベントは、ちょっとしたディナーショーみたいになっていた。

舞台でのミスと決まりの悪さを収拾する間もなく本にサインしていると、読者たちはすでに遠ざかっていた。ありがたくも恐ろしい人たち！　依然として彼らについて何も知らないまま、必死に私ばかり見せているうちに、イベントの夜が終わっていた。やっぱり不安だった。私はまた同じ言葉を唱えながら家に帰った。「私が何だっていうの、私が何だっていうの……」

社長、いかがお過ごしですか

「チャンネルイエス24」2019年10月号

友達と銭湯に行くといつも、なぜか少年のような気持ちになる。素っ裸になって浴場に入ると必ず、中学生の頃のようにふざける。水風呂であっぷあっぷ泳いだり、サウナでケラケラ笑ってはしゃいだりするのだ。それから、ヴィーナスごっこなんかもする。浴槽の真ん中の気泡が上がってくるところに立って、友達を見下ろしながら手先を優雅におさめれば、否応なしにヴィーナスだ。たったいま泡から誕生したばかりの、まさに美の神。それから冷水摩擦をしてシャワーでさっぱり仕上げると、友達に化粧水を借りて顔にパシャパシャパシャと塗り、飲料水を飲んでおしゃべりをして家に帰ってきた昨年のある日の夕方、購読者からメッセージが届いた。

「イ・スラ様、昼間に銭湯でお見かけしたのですが、気恥ずかしくてご挨拶できませんでした……（中略）」

思い起こしてみると、ヴィーナスの真似をしていたとき、浴槽の隅から静かに私たちを見つめている女性がいたような気がした。ソウル郊外の古くからある銭湯で、「日刊イ・スラ」の読者に遭遇する確率はどのくらいだろうか。どうしてソウルは狭いのか。どうしてよりによってその読者は私と同じ温度のお湯を選んだのか。どうして私はヴィーナスになりきっていたのか。どうして私の友人たちはポセイドンの真似までしたのか。

ボキは「出版社の代表になったんだから、ちょっとは気をつけて過ごしたらどうなの」と言った。この出版社でただ一人の職員の助言に、私は「わかった」と返事をした。そうはいっても、どう気をつけて過ごせばいいのだろう。ボキは「マッチングアプリもやめないと」と付け加えた。私は「とっくにやめたよ」と答えた。だけど、実はまだ登録している。接続しないだけだ。いつかマッチングアプリをテーマにした小説を書くためだと言い訳してみるけれど、そのアプリでの会話は小説にするにはあまりにも三流すぎる。

友達は私のことをからかって「社長」と呼ぶが、私は自分が社長だということをいつも忘れてしまう。それで、たまに送信されてくる「ヘオム（泳ぐ）出版社の社長へ」と始まるメールを読むたびに、驚くのと同時に思い出す。「そうだ、事業者の届け出を出したんだった」。いつからかヘオム出版社のアカウントには、様々な持ち込みのメールが届くようになった。そこには、本を出したいと思っている中年の方々の人生を要約したファイルが添付されている。当初は、本当に私を出版社の社長だと思っていることに驚いた。もちろん、本当に出版社であることに間違いはないけれど、誰かが自分の大切な原稿を送ってくるほど本気の対象だとは思わなかったのだ。私は姿勢を正して原稿に目を通し、丁重なお断りのメールを送る。

先生、大切な原稿を送ってくださいましてありがとうございます。しかし現在は自分のことだけで精一杯なうえに、零細出版社のため新しい本を作る余力がございません。他の作家さんたちの本も出版できるように、早く良い編集者に成長したいと思っております！

別の日には、私の携帯に電話がかかってきた。昨年出版した本の最後のページに、深く考えもせずに自分の電話番号を載せておいた。奥付に出版社の電話番号が記載されていれば書店に本を置いてもらえるという話を聞いたからだ。出版社の事務所もないのに専用の電話番号があるはずもなく、自分の番号を載せておいてすっかり忘れていた。「もしもし」と電話に出ると、年配らしき女性が方言のアクセントで「もしもし」と言った。

「はい、何でしょうか」

「そちらは出版社ですか？」

私は動揺を隠して答えた。

「はい、出版社です。どういったご用件でしょうか？」

彼女は少しためらってから聞いた。

「出版社で合ってますか？　ご自宅のように電話をお取りになったので……」

私はありのままに伝えた。

「あ、はい。自宅でもあります」

その女性と私のあいだにしばらく沈黙が流れる。彼女ははっきりしない口調で『日刊イ・スラ 随筆集』の話を持ちだしてきた。

「この本の著者自身が、出版社の社長のお仕事もなさるんですか？」

「はい、そうです」

「すごいですね。図書館で借りて読んでみたんですが、とても面白かったです」

「そうですか、本当にありがとうございます！」

ここからその女性は、活発な声で話しだした。

「で、見たところ私も書けそうだったんですよ～」

「それはそれは！」

「私もイ・スラ社長みたいに日記を毎日書くんです」

「わぁ、毎日お書きになるなんてすごいですね。でも私は日記ではな…」

「私は毎晩、ほんとにいっぱい日記を書くんです。うちの息子がやさぐれで、もう、あいつの話だけで一日五枚は書けるよ」

「五枚もですか……？　私よりもたくさん書かれるんですね？」

「書きたいことがあとからあとから出てくるんです。息子は高校生なのに問題起こしすぎ！」

「どんな問題を起こすんですか？」

「酒！　タバコ！　女！」

「でも私も高校生のとき、お酒飲んでタバコ吸って恋愛してましたけど……」

「ギャンブル！」

「あ、ギャンブルはしませんでした」

「あいつはクスリもやる！」

「息子さんはクスリもなさるんですね……そうですか……大変でしょうね」

「とにかく、あの子を見てると怒り心頭。話せる場所はどこにもないし、だから毎晩自分なりに日記を書くんです」

「書けば落ち着きますか？」

「胸のつかえが取れますね。感情をそのまま吐き出すから」

「なによりです！」

「とにかくそれでもう何十枚も溜まったから、ちょっと出版してみてください。『日刊イ・スラ　随筆集』みたいにまとめるとよさそうだけど」

「あ……私どもの出版社は始めたばかりなので、まだ他の本を出版できない状況です」

「そうなんですか？　これ、本にするのにぴったりだと思うんだけど」

「他の出版社に原稿を送るか、でなければ私のように自費出版されたらどうですか」

「それはどうやるんですか？」

「お書きになった文章をデータ化して、編集して、デザインして、印刷所に預けて書店に出荷すればいいんです」

「そうなんですか？　とても面倒そうですが」

「どうしたって手間のかかることではありますね」

「代わりに社長がやってくれませんか？」

「ですが先生、私は自分のことで精一杯です」

「じゃあ来年は？」

「来年は……えっと……」

「来年でもいいから私の本を出してください。私の人生だって読めば小説に負けないですよ。海千山千、なんだって経験してすごいんだから」

「そうでしょうね……」

「かといって憂さ晴らしのために毎晩書いたんじゃありません。うちの息子、あのやさぐれにあまりにも腹が立ちすぎて」

「そうですか、先生！　でも……腹が立ちすぎた方の文章は出版しにくいと思います」

「どうしてです？」

「怒りはもちろん大切ですが……作家が怒りにまかせて書いた文章は、読むに耐えないときがあるからです」

「そうですか？」

「はい、一人で読む日記なら何を書いてもいいんですが、本として出す文章であれば、やっぱり怒りを鎮めたあとに書くべきではないでしょうか？　それと、本になっても息子さんには何の問題もないのでしょうか。オープンに悪口を言うようなものですから」

「それは考えもしなかったですね」

「私もそこがいつも難しいです」

「社長、いえ、イ・スラさんはどうしましたか？　いろんな人に許可をもらって書いたんですか？」

「いえ……私は、その……ほぼ作り話です」

「あら、本当ですか？」

「はい……」

「まあ、そうですか、途方もない想像力ですね」

「はい……」

「とりあえず、怒りを鎮めてみます」

「おつらいようでしたら鎮めなくても大丈夫です。実際に出版はしなくても、今までみたいにただ自由にお書きになれるはずです」

「そうでしょうか？」

「はい。一人で読む日記だってすごく大切じゃないですか。どんなことでも思うがまま書いていいし、思いっきり怒りをぶつけられますよね」

「ああ、だから私があたれるところは日記だけ。あのやさぐれのせいで腹の虫がおさまらなくって怒りが爆発してまったく……」

通話はさらに三十分も続いた。私はその女性の息子が起こした問題について、詳しく聞くはめになった。その人は言った。「話すと気が晴れるね！　ときどきこうやってまた電話して愚痴りたいね！」私は、気が晴れてよかった、本を読んでいただきありがとうございます、とだけ伝えた。

このことがあってから、私の電話番号はもう本に載せていない。

他の出版社の社長たちはどう過ごしているのだろうか？　きっと、私よりもっと多くの持ち込み原稿を受け取っているのだろう。もしかすると銭湯に行って読者に会い、地方に住む年配の女性がかけてくる愚痴電話に出ているかもしれない。中には手に負えない深刻な電話もあっただろう。だから私のように、電話番号をどこにでも載せるなんて失敗はしないはずだ。だけどいつだって、素敵な物語を待っているはずだ。そんな社長のみなさまに、いかがお過ごしですかと聞いてみたい夜だ。

社長、いかがお過ごしですか　「チャンネルイエス24」2019年10月号

明るい引っ越し

2019.09.03 Tue.

　何年前だったか秋の始まりに、タムが明らかに無気力なときがあった。そんなタムにボキが声をかけた。

「タム、もしやおまえも秋を感じる？　そうなの？」

　タムはちらっと横目でボキを見た。ボキはタムの背中をなでながら言った。

「おばあちゃんも秋になると不思議な気分。どうしてだかこの季節になると、何か物語を作らなきゃって思うんだよ。人生の大切な物語みたいなのってあるじゃない。だからかな、気持ちが高ぶって少し悲しくなるんだよ、私は」

　タムはボキに背中を預けて窓の外を眺める。尻尾で何か話しているように思えたが、何と言っているのか私たちにはわからなかった。

　今年の秋が始まって、私はボキたちと世帯を一緒にして大きな家に引っ越した。これは良い選択なのか？　まだわからない。私にわかるのは、ソウルから少し離れれば庭付きの家に住めるということだ。それから、ウォルセよりもチョンセの資金融資の利子のほうがずっと安い。それに、ヴィーガンは一人で暮らすよりも、他のヴィーガンと一緒に暮らすほうがずっと良い。特にそのヴィーガンがボキなら言うことなしだ。

　でも、私のような恋愛に熱心な人間が、親とひとつ屋根の下で暮らしても大丈夫だろうか。階が分かれた広い家なら問題ないかもしれないが、やっぱり良くない気もする。大丈夫じゃなかったら、二年後のチョンセの契約が終わるときにきっぱり別れることにした。そのとき私は三十歳だ。一生を旅するように生きてきた友人のユ・ソンヨンは「二十八歳なら、どこかで数年暮らして戻ってきても遅いことはない」と言っていた。

　引っ越しの日は空が高かった。長いあいだ別々に暮らしていた二つの世帯の家財道具を一箇所に集める大規模な引っ越しだったが、ボキもウンイも私も仕事が早くて、あっという間に家が片付いた。両親は一階に、私は二階に荷物を解いた。お互いのキッチン用品だけは一緒にする。おいしくて簡素なヴィーガン料理が毎日作られるキッチンだ。

　広々とした一階のリビングが、ヘオム出版社のオフィスになった。私の小さな賃貸の部屋に無理やり押し込んでいた数百冊の本と、箱、エアパッキン、テープ、クッション封筒などの資材を、ようやく余裕のあるスペースに配置できた。気分がすっきりして、清々しくなった。リビングの窓からは、庭の桜とカエデとスモモの木、そしてノウゼンカズラが見えた。

　それでもこの家は私の本当の家ではないから、うかつに新しい家具を入れないようにした。二年後には、ここより小さな家に引っ越す可能性が高い。引っ越しで新調した家具は、たったひとつだった。それは出版社の事務スペースに置くデスクで、まるで玄琴（コムンゴ）のような素敵なデザインだ。その木目調のデスクは私の気運を高めてくれるような気がした。必要な椅子は、知り合いのカフェで捨てられるのをもらってきたり、道端で拾ってきたりした。

新しい家にやって来たタムはよっぽど驚いたのか、私の服の中に隠れて出てこなかった。新しい空間に衝撃を受けて、秋を感じる余裕もなさそうだった。日が暮れてからのそのそと歩き回って、新しい窓を調べだした。その窓から見える新鮮な風景を眺めるのに余念がなかった。タムの背中をなでながら、私も一緒に外を眺める。坡州（パジュ）の夜は秋の虫の音で満たされていた。

寝室の窓を開けて寝たら、今朝はくしゃみとともに目が覚めた。肌寒くなって、乾燥した空気が鼻と喉にすうっと入ってきた。体に布団を巻きつけて起き上がり、カーテンを開けると、ずっと遠くにイムジン河が見える。イムジン河と私の新居とのあいだには、低い建物と庭、大きな墓、菜園、田畑、空き地、丘、そしてたくさんの木々がある。

新居の隣の空いている土地で、おじいさんが小さな農業を営んでいる。地主ではないがその土地を無駄にしないように、トウモロコシ、ネギ、若大根、カボチャ、ナス、唐辛子、トマトを植えている。明け方早くから出てきて、畑をきれいに手入れする。その姿を見たボキがコーヒーでも淹れようかと、キッチンの勝手口を開けて明るい声でおじいさんを呼んだ。

「おじいさん！」

ところが彼には聞こえなかった。

「おじいさん！　おじいさん～～！」

どんなに大声で呼んでも聞こえなかった。結局ボキがコーヒーを持って畑に入っていって、おじいさんに挨拶をした。耳が聞こえにくいようで、近寄らないと会話ができなかった。おじいさんは大きな声で「コーヒーは好きじゃない」と言った。それでボキはまたキッチンに戻って、山野草の酵素を一杯淹れて出てきた。おじいさんはまた手を振った。

「これはコーヒーじゃなくて、酵素ですよ～」

ボキが訂正しても彼は聞き取れず、「コーヒーは嫌いだ」と言った。顔の前にコップを近づけると、ようやく酵素だと気づいて飲んだ。

次の日の早朝、おじいさんは恐竜の卵のようなカボチャを二つ持ってきた。とても大きくて真ん丸の、立派なカボチャだった。ネギも二束抜いてきた。唐辛子も欲しければいつでも必要なだけ取っていきなさい、という言葉と一緒に。私たちは彼の野菜をテンジャンチゲにしたり、炒めてビビンバにしたりして食べた。近いうちにボキもおじいさんの畑の横で家庭菜園を始めるらしい。

私は二階にキーボードとアンプとマイクを設置して、でっかい声で歌ってみたけれど、誰も何とも言ってこなかった。誰かが何か言ってくるほどこの町には人がいないし、家と家との距離も遠かった。

昼にはボンマンが寄っていった。ボンマンは隣の家に住む友達のリュウが飼っている老犬だが、頭が大きく足が短くて胴が長い。始終舌を出しているせいか、本当にまぬけに見えた。だけどまぬけに見える中にも、いろんな表情がある。うれしい、気になる、面倒くさい、期待する、疲れた、といった感情が、彼の眉毛の筋肉で表される。ボンマンとタムを交互に見ながら、犬と猫はこんなにも違うのかと実感した。その二匹の違いに比べれば、私とタムの違いなんてごくわずかだと感じる。ボンマンがわが家の庭でしばらく休んでいるあいだに、リュウは私とタバコを一本吸って、また散歩に行った。

こんなことが起こっていた数日間で、ウンイは庭で私の本立てを作って、バタフライテーブルに脚を付け、タムのトイレを作って、カーテンを取り付けるといった、雑多ではあるが重要な仕事をしていた。タバコをくわえて工具を扱う彼の姿は見慣れている。彼のために庭用の灰皿スタンドを買ってきて設置した。

日が暮れる頃、私はボキが運転する車を捕まえて乗り込むと、助手席のミラーで自分の顔を見ながらつぶやいた。

「きれい」

ハンドルを握ったボキが目を丸くして聞いた。

「わたし？」

まさか、という顔で私は答えた。

「ううん、私が」

するとボキは、クラクションにつばを飛ばして笑った。私は日々、この人の明るさに驚かされる。笑いがおさまるとボキが言った。

「空を見て」

私たちは窓を開けて、どこまでも続く大きな空を見た。黄緑色から黄色へと染まっていく田んぼの上には、真っ赤な夕焼けが広がっていた。私たちの顔ではなく空を見ていたら、すごく幸せな気持ちになった。そこかしこに秋が感じられた。ボキがタムに話していたように、人生の大切な物語を積み上げていきたいと思った。

明日の寝室　2019.09.13 Fri.

カバが私の家に初めて泊まった日だった。彼にとっては予定外の外泊だったから、着替えを持ってきていなかった。私はタンスの中にたたんであったハーフパンツのうち、いちばん大きいのを選んで渡した。それを持ってカバは小さなトイレに入っていった。しばらくすると、中から笑い声が聞こえてきた。

「どうしたの？　パンツが変？」

「いや、自分が笑える」

きついハーフパンツが膝までで止まってしまったカバの姿を想像して、私はトイレの外で笑い転げた。

「サイズが小さかったね」

「うん、入らないよ」

結局、彼は下着のパンツの上にTシャツだけ着て出てきた。初めてで見慣れない彼の太ももが素敵で、直視できなかったのを思い出す。もうずいぶん前のことだ。

カバの父親はいつも、どんなことであっても「逃すなよ」とカバにアドバイスしたらしい。常に何かを逃して生きてきた人みたいに。このチャンスを逃すな。仕事を逃すな。スラを逃すな。

私たちはといえば、お互いの顔を見て肩をすくめるだけだった。「逃さない」とはどういうことだろう。頻繁に会ったり、手を重ねたり、抱きしめたりしても、本当に摑まえたとは実感できないのに……。摑んだと思ったとしても一瞬だ。私たちの体の細胞は生まれ続け、昨日の心と今日の心は同じではなく、日ごと新しい風が吹き抜けていく。

ある日カバと二人で、うちの便器を掃除した。一緒に使ったトイレだし、各自ブラシを一本ずつ持って便器全体を磨いた。ビデも取り外して分解してから、汚れの跡を徹底的にきれいにした。いつものトイレ掃除と変わらず、ちょっと不快だった。ふだん手の届かない場所に付いたピンク色の垢を、念入りに洗い流しながらカバが言った。

「こうしてると、もっとスラに近づいた気がする」

ほかでもないトイレで聞いた言葉だったから、私はそれを信じることができた。汚いものを一緒に見たことで、気持ちが軽くなった。すっかり掃除を終えて、仲良く眠りについた。そうやってきれいに磨いたトイレも、半月ほど経つとまたあちこちに新しい垢が付くものだ。完璧に同じ日というのは一日としてないけれど、人生の大半は似たようなことを繰り返しながら流れていく。

繰り返しながら、良いこともあった。

仕事を早く終えた夜は、ボクシングジムにカバを迎えに行った。練習場のドアを開けると、いろんな人の汗の臭いが鼻にすっと入ってきた。バン、バン、バン、とサンドバッグを打つ音、コーチたちの掛け声、リングの横で三分に一回鳴るゴングの音。その中で、シュッ、シュッ、シュッ、と素早くシャドーボクシングをしているカバがいた。

私が来たことは知らせずに、彼が練習する姿をしばらく見学したりした。思っていたよりもずっとリズミカルだった。気の向くままにパンチを打って後ろに下がっているように見えても、両足はずっと決まったリズムでステップを踏んでいる。交互に伸びる両腕だけではなく、肩や背中、腰、脇腹の筋肉も使い続けているようだった。ジムにいるカバは単純に見えた。その単純さゆえに、トレーニングを繰り返しながら敏捷になれるのだ。

ボクシングが終わると、汗まみれになったカバが漕ぐ自転車の後ろに乗って、家に帰った。後ろで私が歌いだすと、カバはわざとゆっくり漕いで、町の中を何周も回った。

シャワーを浴びて、原稿も書き終えてからベッドに横になったあとは、寝る前にお互い別々のことを考える。私は回想するが、カバは空想する。彼は経験のないことや会ったことのない人、行ったことのない時空間を、頭の中で鮮明にシミュレーションしながら眠ってしまう。一種の生体VRというわけだ。その空想のおかげで、カバは小さい頃からひとりで寝るのが怖くなかったらしい。

昼間は、会社にいるカバからときどき電話がかかってきた。私が電話に出ると、彼は白々しく「何かあったの?」と言う。自分からかけてきておきながら、必ずそう聞いた。私はすぐ、その場で用件をでっち上げて通話を続ける。そうかといえば、騒がしい場所では二人とも言葉を失った。ほとんどの韓国の食堂では、度が過ぎるほどの音量で音楽を流している。一度だけ、ウォン・カーウァイの映画のセットみたいな素敵なバーでお酒を飲んだことがある。インテリアは完璧に『花様年華』なのに、スピーカーからは韓国のメロンチャートのトップ10に入った騒がしい歌だけが大音量で流れていた。「インテリア業者と店主は違う人みたい」とカバが言った。私たちは急いでグラスを空けて家に帰った。

帰るとそこには見慣れた寝室があった。挿入するときだけがセックスの場合もあるが、大好きな人とするときは、部屋でのすべてのことがセックスみたいに感じられたりもする。そのあとにだけ入り込める熟睡もある。

寝室ではネットフリックスのドラマを何本も一緒に見た。ある日のドラマには、煮えきらない夫婦が登場した。中年の二人がセックスを始めようとしたが、どうしても盛り上がらずにやめるシーンだった。カバと私は、ぎゅっと目を閉じた。そのシーンにまっすぐ自分たちを投影してみたからだ。気まずくて残念な雰囲気が容易に想像できてしまい、私たちはすぐに困り顔になってしまった。そのシーンを何事もなかったかのようにやり過ごすには、二人はまだセックスに対してとてもひたむきだった。そのときふと、佐野洋子の文章が頭に浮かんだ。彼女は晩年にこのようなことを書いていた。

もう亭主とセックスなんかしたくないどころかうんざりなのだ。誰ともセックスなんかしたくないのだ。したって、やがてどうなるかわかっちまう程の知恵は体験から充分にあるのだ。もう体は使わんでもいい。もうめんどくさくってうざったい。

私は、若いカバの横に若い体で寝そべったまま、佐野洋子みたいなおばあさんになった自分を想像した。誰ともセックスしたくない未来が心配になりつつ、楽しみでもあった。正直言うと、そのときの自分が少しうらやましい。ちょっと優雅だ。性欲や、体をめぐる自己顕示や自己嫌悪のせいで、数多の無駄を重ねている私の二十代は、ある意味本当に格好悪い。佐野洋子みたいに老いていけば、すべてをセックスと結びつけるようなつまらない落とし穴にも陥らないだろう。

しかし、私たちは無事に老人になれるだろうか？　地球が日増しに暑くなり、アマゾンが一カ月以上燃えていたというのに。

「年を取っても、知らないことを学び続けていきたい」とカバは言った。そんな言葉を聞くと、ずっと謙虚にたくましく生きていきたくなる。私の知らないこと、学ぶべきことが、世界中に散りばめられているのだから。「偏見」もしっかり更新していく必要がある。実際、多くの偏見が私たちを助けてくれている。判断の時間を短縮するからだ。でも、物事によっては長い時間をかけて判断したほうがいい。世の中は簡単そうで、そうではないから、偏見も錆びていてはいけない。むしろ生まれたばかりの人みたいに、無垢なままで世界を感受するほうがいいのかもしれない。私たちが最後に一緒に観た映画で、こんなナレーションが流れた。

でも、悪いことがあれば、うれしいことも共にある。
私たちは常に誰かと出会い、何かを分かち合う。

真っ暗な映画館の中に並んで座り、その言葉を聞いた。カバも泣いているのがわかった。愛しているあいだは、悪いことが自分をすっかり覆い尽くすまで放っておいたりしなかった。悪いことが悪いことのままで終わらないように努力した。私たちはあらゆることから学び、どんなことからも感謝すべき点を見つけ出せるということを知った。愛は不幸を防げないけれど、回復の場所で私たちを待っている。愛は心に弾みをつける。心身をゴムひものように伸ばしたり、縮めたりする。

明日の寝室に、カバが一緒にいないことを想像してみる。カバが私の横にいるのは当たり前ではないから。相変わらず怖いものは多いけれど、私はだんだんひとりでぐっすり眠れるようになってきた。それはカバのおかげだと確信できる。これまで寝室で、カバは私の体と心に勇気をたくさん与えてくれた。恐怖が襲ってきたときに思い浮かべるといい話も聞かせてくれた。その勇気で、私はもうこれ以上何があっても後ずさりしない。悪くなければ謝らず、面白くなければ笑わない。おかしいのに笑うのを我慢せず、心が苦しいなら存分に泣く。カバの目に映った自分の姿がどれほど弱くて強かったのかを忘れないかぎり、ずっとそうしていくつもりだ。私たちはお互いを逃しても、お互いから学んだ勇気を携えて生きていくだろう。

「日刊イ・スラ」はどのように拡張していくのか

『子音と母音』２０１９年春号

個人主義者の生計維持

できることなら私は一人で仕事がしたい。一人だろうが大勢だろうがお金を稼ぐのは大変だけど、一人で大変なほうが潔いからだ。好きな人たちとは一緒に休息したいけど、一緒に仕事はしたくない。両親とは朝食を一緒に食べたいし、恋人とはネットフリックスを見たくて、友達とは気楽におしゃべりをしたいけど、一緒にお金を稼ぎたいとは思わない。経済的運命共同体は数々のリスクと負担を共有することになる。組織にとって相乗効果はあるが、侮蔑感と無残な結果を生むこともある。大嫌いな人に悩まされながら働かなければならない状況は、可能なかぎり避けたい。好きな人同士で一緒に仕事していたのに、憎しみ合うようになる事態も避けたい。もちろん、嫌いだった人をまた好きになるという回復の機会が、仕事をしているなかで訪れることもあるだろう。好きだった人を、もっと好きになることもあるだろう。けれど、潤いのない世界でそのような美しい友情を開拓するのは、決して容易ではない。親しい者同士でも難しい。

フリーランスで過ごした五年間は主に、一人で上手く回せて責任が持てる規模の仕事をした。稼ぎが十分でないときには、大勢の人たちと一緒にする仕事にも参加したが、本業はなんといっても一人の連載の仕事だった。人々のあいだで私の人柄が良い評価を受けているとすれば、おそらくそれは一人で仕事をしてきたからだ。頻繁に共同作業をしていたら、強欲だと噂されただろう。私はレストランでも、みんなで取り分けるのではなく、一人分が保障されたメニューを選ぶ。スプーンや箸、唾液がひとつの器に混じるのも嫌で、自分が食べた量を正確に把握できないのも嫌なのだ。量は少なくても、一皿の食べ物を何人かで分けて食べると、私は必ず食べすぎてしまう。自分の分が十分に確保できないのではと不安になって、焦って食い意地を張る。そのあと必ず胃もたれして、気分が悪くなる。だから、友達と会うときもトッポッキ屋やしゃぶしゃぶ屋にはあまり行かない。やむをえず大皿料理を誰かと一緒に食べる場合、代金は百ウォン単位まで正確にn分の一に割り勘にする。

また、メールボックスに溜まったいろんな企画の中に「協業」や「コラボレーション」という言葉が含まれている場合、まず疑ってかかる。曖昧模糊としたそうした言葉が素晴らしい結果として具現化されることはあまりない。企画書にお金のことが記されていない場合はなおさらだ。作業をどのように分担して、収益をどのように分配するのかを伝えてこないコラボの提案は、よっぽど好きな相手でないかぎり応じない。原稿料や講演料の話をそっくり抜いてある提案は話にもならない。仕事の報酬が明示されていないので真剣に検討するのが難しい、と言って丁重に断る。何度かの才能寄付と情熱支出を繰り返し、心身ともに疲弊してからは、私は原稿料が正確に記載された依頼だけを引き受ける、連載労働者になった。

そもそも「日刊イ・スラ」は、そんな強欲な私にぴったりのプロジェクトだった。「私」という働き手だけをしっかり制御して管理さえできれば、大きな問題もなく事が運んだ。成功も失敗も自業自得、稼ぎが多かろうと少なかろうと誰とも収入分配は不要。メディアが私の文章を載せてくれなくても、最低限の生計を維持することができた。私が書きたい原稿を、上司や同僚と議論せずとも毎日書くこともできた。なにより、返済しなければならない学資ローンがまだまだ残っていて、副業でも何でもしなければならない時期だった。

作家仲間のイッソンから最初のアイデアをもらって、バナーを作ってSNSアカウントを通じてプロジェクトを拡散し、購読者を募集してメールマガジン形式で連載を始めた。毎日、書きたいことを書いた。フィクションとノンフィクションのあいだの話だった。うまく書ける日もあったし、書けない日もあった。どちらであっても、書くことの大変さは同じだった。学資ローン返済のための労働でもあり、読者と文章を直接取引する実験でもあった。

日刊連載の成果と評価

実験の結果、「日刊イ・スラ」は予想より早く有名になった。購読者も多く、このプロジェクトをめぐる口コミと評価も飛び交っている。主要メディアによる取材記事と読者たちによるレビューが毎日のようにウェブにアップされた。連載の文章は読者のSNSアカウントで数千件シェアされている。「月刊イ・スラ」や「人間イ・スラ」と間違えて紹介される場合もよくあったが、いずれにせよ、一年を通して大きく注目してもらえた。そんな注目がありがたくて、胸がいっぱいで、もやもやした。

ネチズン（ネット民）たちは「イ・スラの登壇制度に対する強気な提案」と言う者もいた。あるいは、「文学界の新しい登竜門を創造。出版界に殴り込み」と言う者もいた。果たしてそうだろうか？　それは違う。出版界は私に何か過ちを犯したことはないのだから、私が殴り込みする理由もなかった。

それどころか、私に能力があれば文壇デビューしたかった。ひとつめの理由は、私が好きな韓国文学の大半が文壇作家たちの作品だったからだ。評論も同様だった。いろんな文芸誌を隅々まで読みながら学んでいく読書が私には楽しかった。私が好きな作家や評論家の新しい文章は文芸誌上で最初に紹介されることが多かったので、文学市場においてだけは、われ先にと喜んで積極的な消費者になった。

二つめの理由は、「登壇」という言葉が持つ、高尚でいて認定された感じがいいから。それは有名な大学に行くことにも似ている。デビューしたら、私について一語一句説明しなくてもよさそうだった。だって素晴らしい登竜門をすでに通過したのだから。文壇デビューする以外に、作家になる方法をまったく知らないというのもあった。

　ある時期は私もデビューを目指して、いろんな出版社を回りながら小説創作の講座に通った。講座は面白くて、難しかった。文壇への希望と絶望と野望とで教室は熱気に包まれていたが、寒々しくもあった。私が書く小説はどれもいまいちだった。ずいぶん前に『ハンギョレ21』てのひら文学賞**を短編小説で受賞したことがあるけれど、それは文壇デビューとはとても言えなかった。てのひら文学賞の受賞者が、主要文芸誌から依頼を受けることはめったにない。私はいつか素晴らしいデビュー作を書いて、必ずや大きな文学賞をとってデビューしたかったが、まだできていない。これからもできそうにない。しなかったのではなく、できなかったのだから、私は登壇制度に殴り込みしたことがないのだ。ただ一生懸命に生計を立てようとして、「日刊イ・スラ」に行き着いたまでだ。小規模の文章事業者になろうという決意が、遠大な希望といえば希望だった。月収を数万ウォンでも増やさないといけないのに、いつまでもメディアからの依頼だけを待っているわけにはいかなかった。

　いつからか私は、自分の文章が必ずしも小説の体でなくてもいいと考えるようになっていた。それに小説であったとしても、文学賞への応募を基準にした分量や完成度でなくてもいいと思うようになった。「日刊イ・スラ」の連載を通じて、私に合うジャンルと呼吸を訓練することにした。

　便宜上は「随筆」と名付けたが、「日刊イ・スラ」で連載した文章のほとんどは加工された話だ。歪曲され、変形され、編集されるのは、すべての文章の宿命だ。私の自我のかけらは現実にもあるし、SNSにもあるし、日刊の連載にもある。そのすべての姿を単純に結びつけて解釈されることに困惑もした。けれど、私の文章がどう読まれるのかは私の手から離れたあとの問題でもあるから、仕方なかった。

一人の効率と限界

毎日パンクしないように書くことと同じくらい難しいのは、プロジェクトの運営と管理だった。執筆はもちろん、広報と流通、会計、購読者への対応や返答まで、一人ですべてを処理していたら、通勤する会社員に劣らず忙しくなった。初めてやってみることなので、参考にできる前例がなかった。難しかったけれど、効率的でもあった。一人でもマメに動きさえすれば、すべて上手くやり遂げることができた。

しかし購読者のフィードバック（私の文章に対する好評、酷評、質問、不満、非難、提案など）に返答する量があまりにも増えると、管理してくれるスタッフの雇用を考えるようになった。フィードバックの量も量だが、分別がなく暴力的な内容のすべてに創作者本人が対峙することに、精神的に疲弊したからだ。中間を管理してくれる賢いスタッフを置けば、絶対に私が決定する必要があることや、返答しなければならない業務にだけフィルターをかけて提示してくれるだろう。

けれど、やっぱり一人でやることにした。私ほど誠実に、迅速に、親切に対応業務のできる人はいないと思ったのだ。「日刊」の連載を始めて数カ月で社長マインドになった。結局は一人で事業運営を維持し続けた。体と心と魂を捧げて働いた。完成度の高いエッセイを毎日一本書くだけでも大変なのに、それ以外の業務量にも苦戦した。前払いで購読料をもらっている手前、どうにか乗り越えなければならなかった。「日刊イ・スラ」は、多くの人たちとお金を費やして、ひとつの約束の上に創刊された日刊誌だ。

悩んだ末に「日刊イ・スラ 友達コーナー」を開設した。文字通りイ・スラの友人の作家たちが書いた文章を紹介するコーナーだった。このコーナーを導入した第一の理由は、プロジェクトの持続可能性にあった。代表者であり執筆者であり管理者でもある私が疲れきってしまったら、このプロジェクトは絶対に継続できない。一週間に一本、私の代わりに友人たちの文章を掲載できれば、私は少なくとも一日は休めた。

第二の理由は、友人たちの文章を紹介したかったからだ。私のように利己的で強欲な人間も、一人の力だけで育ったのではない。読み書きの体力を一緒に育んできた仲間たちとともに成長してきた。誰かに命じられたわけでもないのに何かを書く人たちが世の中にはいて、彼らが集まれば互いに大なり小なりの影響を及ぼし合う。友人たちは私にとって読者であり、批評家であり、ライバルであり、師匠でもあった。彼らにとっては私も同じはずだ。私の文章が到達できない、おびただしい数の時間と空間を照らし出す友人たちの面白い文章を連載に含めれば、「日刊イ・スラ」のコンテンツははるかに豊かになるに違いなかった。

友達コーナー開設のお知らせメールを送ると、購読者から抗議のメールが何通も飛んできた。自分はイ・スラに対する好感や好奇心に購読料を払ったのであって、よく知らないアマチュアの友人の文章には興味がないし、読みたくもない、といった内容だった。その一方で、イ・スラが紹介する他の作家たちの文章も楽しみだし、興味があるという反応もあった。

私はどちらの反応もたいして気にせず友達コーナーを開始した。同じ器に盛られた食べ物を分けて食べるのが嫌だからといって、友人たちを愛していないのとは違う。私だけうまくいってもつまらないから、友人たちと一緒にうまくいく機会を増やしたかった。友人たちの文章が良いというのを、購読者たちもゆくゆくはわかってくれるだろうという確信もあった。

このとき、「日刊イ・スラ」は意図せずしてプラットフォームへと飛躍した。それまでは個人創作の誌面だったのが、友達コーナーを開設してからは、同時代作家の生態系の一部を共有する場となった。書き手としての訓練だけでなく、編集者としての訓練も兼ねていた。編集者の訓練を始めるにあたり、まずこのように誓った。

「作家たちにちゃんとお金をあげること！」

良い文章を書いたり、才能を見いだしたりする自信はなかったが、お金をあげることに限っては自信があった。なぜなら、まず私自身がお金をきちんと支払われないと怒るタイプだからだ。だから、仲間の作家たちに依頼書を送るときには、正確な原稿料と支払日を明示した。締め切り日は知らせておきながら、原稿料の支払日を知らせないのはおかしな話だ。友達コーナーに寄稿する作家には一枚につき一万ウォン以上の原稿料を取り決め、完成した原稿を受け取った当日に必ず送金した。作家は基本的に個人として存在しているが、ときにはお互いの背中を力強く支え合う集団でもあった

ある友人の文章は私のより評判が良かった。そんなとき、友人の心は満たされて、その文章を掲載した私の心も満たされた。毎週、他人の文章の中からどれを選ぶか、どのような言葉でその文章を紹介するのかも、一生懸命考えた。私を信じて購読料を前払いしてくれた読者を失望させたくなかった。

プラットフォームとしての「日刊イ・スラ」

「日刊イ・スラ」は他の普通のニュースレターとは違って、受信者の開封率が１００％に達するメーリングサービスだ。毎月一万ウォンを払って購読するからだろう。一日に一本、読み切るのにちょうどいい分量を送信しているからかもしれない。二〇一八年の春から秋まで連載し、それらの文章を百編近くまとめて、『日刊イ・スラ 随筆集』として出版した。自力で制作して広報して流通して配送した『日刊イ・スラ 随筆集』は、三カ月のあいだに七千部が売れた。

二〇一九年はじめの今現在、私は「日刊イ・スラ」の「シーズン2」を準備している。春からまた再開するシーズン2の連載を、どうすればさらに良いものにできるか悩んでいる。シーズン1を通じて、私は毎日書ける人間なんだと初めて確信

できた。腹筋運動の回数を増やすようにコツコツと訓練していると、書く筋肉も鍛えられてキーボードを叩く手も熱を帯びていった。毎日良い文章が書き上げられるわけではないが、少なくとも、良い文章を書ける確率は高くなった。

「日刊イ・スラ」は、イ・スラという個人の能力にすべてがかかっている。自分の名前がタイトルになったプロジェクトだから、すべての責任が私にある。それは良いことなのか、悪いことなのか？　個人主義的な私の気質に合った仕事ではある。私は自分をいちばん大切にしているからだ。けれど、自分でやって自分から学ぶだけでは不十分な気がする。

だから、シーズン2ではもっと多様な創作者たちに参加してもらうつもりだ。どんな作家にお金を払い、どんな作品を受け取るか、私はもっと厳密に追求して決めなければならない。参加してもらう人は私のフィルターを通して決めるわけだから、本当に良いフィルターになるよう努力する。良いフィルターを装着したプラットフォームへと成長するのが目標だ。私が購読している文芸誌の素晴らしいところに少しでも近づいていきたい。私が読んでいる作家たちの素晴らしいところに少しでも近づいていきたい。いろんな文章のジャンルを試してみながら、私が上手く書ける領域を広げていきたい。私が自分の文章を懸命に磨く場であり、周りの優れた仲間たちのことも一緒に紹介できる、面白くて素晴らしい時空間を心の中に描きながら、次の連載を準備している。

＊―韓国では、伝統ある新聞等が主催する文学賞に入選することが作家としての第一歩になる　＊＊―時事週刊誌の『ハンギョレ21』が主催する短編小説の文学賞。著者はその第五回（二〇一三年）で短編「商人たち」で入賞

訳者あとがき

イ・スラさんのことは、インスタグラムで知った。ソウルのとある独立書店の投稿で、自費出版されたばかりの『日刊イ・スラ 随筆集』の書影が目を引いた。真っ黒なショートボブの、著者と思われる人物が手前に、その奥の鏡には正面からの姿がぼんやり映っている写真を使った、印象的な表紙だった。しかもとても分厚い（五七二ページ！）。とにかくそのブックデザインが気になって取り寄せてみたのだった。

彼女の文体は軽やかで、自由で、生き生きとしていた。人の日常や人生ってこんなにも鮮やかで、可笑しくて、奇妙で、愛しいものなんだ、というのが最初に読んで感じたことだった。著者がいかに人をまっすぐに受け止めて、好奇心を持って見つめ、そして愛しているか、そうしたイ・スラならではの温かい視線が注がれた随筆集だった。

イ・スラのプロフィールや原書のもととなった「日刊イ・スラ」連載プロジェクトについては、まえがきや本文にも述べられているので割愛する。しかし著者は、このプロジェクトだけのために急に文章を書き始めたわけではないことを、ここに書いておきたい。

イ・スラは、十代の頃から文章を書くのが好きだった。学校で作文の時間に先生に褒められたのがきっかけで、毎日日記を書いていた。二十代になって通い始めた文章教室には、文才のある人ばかりが集まっており（映画監督で『きらめく拍手の音』の著者、イギル・ボラさんも！）、著者はその中であまり上手く書けないほうだった。しかし、書けと言われてもいないのに書いてくるような生徒だった。

「他人の悲しみが自分の悲しみのように感じられたとき、作家の能力は拡張する」と師匠に言われても理解できず、最初は自分のことばかり書いていたが、それに飽きてようやく他人に視線を向けるようになる。一人で抱えているのはもったいないような、周りの人たちの逸話やシーン、台詞を記録し始めるが、いくら努力をしても他人を確実に文章で書き表すのは難しかった。著者は「完璧な理解とは、ユニコーンと同じようなものかもしれない」と、「他人と私」（『日刊イ・スラ 随筆集』。本書未収録）に書いている。

「それならなおさら、私は上手く書きたかった。何を書くか、どのように書くか、どこに流通させるか、もっとよく考えたかった。書きたいことを大切に思えば思うほど、何を書くかよりも、何を書かないかを突き詰めて考えながら書いている自分を発見した」（「他人と私」）

イ・スラにとって書くことは、ただお金を稼ぐ手段ではなく、対象に徹底的に向き合うことなのだろう。彼女は書く態勢に入る前に、部屋を掃除する。そうして自宅兼仕事場に緊張感を与えるのだ。彼女にとって書くことは、神聖な行為なのかもしれない。


それから、家族の呼び方（書き方）にも触れておきたい。韓国では両親や祖父母に敬語を使う習慣がある。たとえば、母親のことを「ボキ」と名前で表記していることに違和感を覚える読者もいるかもしれない。しかしこれは、著者が「フィクションとノンフィクションのあいだの話」を書くことにこだわり、家族であっても客観的に見てみようと試みた結果である。誰かの母親ではなく、そこに生きる一人の人として描こうとしたとき、代名詞ではなく固有名詞で書くことにしたという。

「書くこと」よりも「書かないこと」、一歩離れて見る「客観性」、それがイ・スラの距離感なのではないだろうか。好奇心を抱いて何かを知りたいと思い、それを客観的な視点で捉える。私とあなたのあいだに流れるものが何であるかを感じ取り、文章で伝えていく。近づいては離れ、手を伸ばせば届く場所で待つこと。それが彼女にとっての「書くこと」であり、「愛」だと言えるのではないだろうか。

本書は、メール配信による連載プロジェクトの文章を一冊にまとめた『日刊イ・スラ 随筆集』と、そのプロジェクトのシーズン2をまとめた『心身鍛錬』の二冊から四十一編を選んで翻訳した。どれも収録したいという気持ちとページ数の制約との葛藤で、選ぶのに大変苦労したが、日本への初めての紹介を意識した編集になった。

イ・スラさんには丁寧に質問に答えていただき、デザインに関してもご意見をいただきました。また、本書を翻訳するにあたって多くのアドバイスをくださった編集者の綾女欣伸さん、共に翻訳にあたってくださった宮里綾羽さん、素敵なデザインをしてくださったアルビレオさん、そしてスラさんの雰囲気にぴったりなイラストは、すぎもりえりさん、みなさま本当にありがとうございました。

孤独な夜も、憂鬱な朝も、イ・スラの文章から愛と勇気をもらえますように。

訳者　原田里美

著者

イ・スラ（이슬아／李瑟娥）

1992年、韓国・ソウル生まれ。「日刊イ・スラ」の発行人であり、ヘオム出版社の代表。雑誌ライター、ヌードモデル、文章教室の講師として働きながら、2013年に短編小説「商人たち」でデビュー。作家活動を始める。2018年2月、学資ローンの250万円を返済するために毎日1本、文章をメールで送るセルフ連載プロジェクト「日刊イ・スラ」を開始。たちまち大きな反響を呼び、半年分の連載をまとめて同年10月に刊行された『日刊イ・スラ 随筆集』（ヘオム出版社）は600ページ近い分量にもかかわらずベストセラーとなる（2018年の全国独立書店が選ぶ「今年の本」に選出）。「日刊イ・スラ」はその後もシーズンを重ね（現在は休載中）、随筆集『心身鍛錬』、インタビュー集『清らかな尊敬』、書評集『あなたはまた生まれるために待っている』など、これまでに9冊の本を出版。エッセイ、インタビュー、書評、コラム、漫画など、ジャンルを越えて執筆する。今も週に一度、10代の若者に文章を教えていて、イベントでは歌も歌う。毎朝の日課は、逆立ち。

ウェブサイト: https://www.sullalee.com/
インスタグラム: @sullalee

訳者

原田里美

はらだ・さとみ／1977年、東京都生まれ。アートディレクター、グラフィックデザイナー。2012年から新大久保語学院で韓国語の勉強を始め、現在は韓国文学クラスに在籍中。2016年からソウル大学語学堂に留学し、その間にソウル市内の本屋を30軒ほどめぐる。

宮里綾羽

みやざと・あやは／1980年、沖縄県那覇市生まれ。多摩美術大学卒業。那覇市栄町市場にある宮里小書店の副店長。著書に『本日の栄町市場と、旅する小書店』（ボーダーインク）。

日刊イ・スラ

私たちのあいだの話

2021年11月30日　初版第1刷発行

著者　イ・スラ

訳者　原田里美　宮里綾羽

装画　すぎもりえり

写真　リュウ・ハンギョン

装幀　albireo

DTP　濱井信作（compose）

編集　綾女欣伸（朝日出版社）

発行者　原 雅久

発行所　株式会社 朝日出版社
〒101-0065 東京都千代田区西神田3-3-5
tel. 03-3263-3321　fax. 03-5226-9599
https://www.asahipress.com/

印刷・製本　図書印刷株式会社

ISBN978-4-255-01263-6 C0095

本書は、韓国文学翻訳院の助成を受けて刊行されました。
This book is published under the support of
Literature Translation Institute of Korea (LTI Korea).